熬过最难熬的日子
便是阳光满地

心有多强大
世界就有多大

The sun returns after every storm

黄曲欣 著

SPM
南方出版传媒
广东人民出版社
·广州·

图书在版编目（CIP）数据

熬过最难熬的日子，便是阳光满地 / 黄曲欣著．— 广州：广东人民出版社，2018.1
ISBN 978-7-218-12130-7

Ⅰ．①熬… Ⅱ．①黄… Ⅲ．①故事—作品集—中国—当代 Ⅳ．①I247.81

中国版本图书馆CIP数据核字（2017）第249763号

Aoguo Zui Nan'ao De Rizi Bianshi Yangguang Mandi
熬过最难熬的日子，便是阳光满地
黄曲欣 著

出 版 人：肖风华

责任编辑：马妮璐
装帧设计：末末美书
责任技编：周 杰 易志华

出版发行：广东人民出版社
地 址：广州市大沙头四马路10号（邮政编码：510102）
电 话：（020）83798714（总编室）
传 真：（020）83780199
网 址：http://www.gdpph.com
印 刷：三河市荣展印务有限公司
开 本：787mm×1092mm 1/16
印 张：15.5 **字 数：**160千
版 次：2018年1月第1版 2018年9月第4次印刷
定 价：42.00元

如发现印装质量问题，影响阅读，请与出版社（020－83795749）联系调换。
售书热线：（020）83795240

代序

每个人都可以三赢人生

/ 洪宝山

认识曲欣是在《理财我最大》的节目，当时节目部邀请曲欣上我节目担任嘉宾，我们有了愉快的访谈经验。节目录制完毕后，我们时常交换金融理财的信息，久而久之，成为金融专业上畅所欲言的朋友。

为写序，优先读者阅读本书，书中许多激励人心的故事，让我深受感动。我所认识的曲欣是性格开朗、个性积极的人，她鲜少在众人面前提及曾经遭受磨难的经历，基于想帮助更多人积极活出自我，才会如此大方地再次掀开伤口，细数无数次摔跤及忍痛再次爬起来的经验。看着她过往的际遇是如此勇敢坚强，不由得让我想起自己的成长遭遇。

我三岁时住在偏远的台南乡下，高烧多日延误就医，当时妈妈也不知道如何处理，以至于患上了小儿麻痹。命捡回来了，从此却行动不便。我曾埋怨过，但这样的埋怨并没有让处境改变，于是决心要把负面的观念转变成积极的作为。勤奋向上的决心并没有获得上天多一点眷顾，悲惨的命运再次降临在我身上。父亲监工的甘蔗园失火，为了救人，父亲无法脱身而命丧甘蔗园。从小身体缺陷，11岁失去了父亲，身为长子，心智被锻炼得更加成熟，我从小就领悟到赚钱的重要性。

为了改善家境，找了众多工作被拒，只因我是残疾人士，很多公司或单位不愿录用我。我并没有自暴自弃，既然此路不通，我找其他路。我带着三个月赚到的一点儿钱，批发许多报纸进来，转做销售。之后我动了生意脑筋，在每份报纸中夹广告，我开始去拉广告赚取业外收入，打开了派报又能多赚钱的渠道。生意越来越好，招集工读生帮我做劳动力活儿，我当起了“派报王”，我的小型派报社就这样成形。赚到钱后，在大三时买了我生平第一间房子。

命运转了好几个弯后，因缘际会创立财经杂志，让我从劳力密集的工作转为智慧赚钱的行业。办杂志一点都不省力，一路磕磕碰碰，也一路成长，才有了今天的理周集团。我一直认为，上天是公平的，遇到困难在于能不能正面思考，把危机化为转机。因自己走过困顿，从无到有，深觉这一切都在转念间。转个念，只要观念对了，事就成了。唯有通过自我鞭策，把压力转为动力，才能从匮乏中找到机会。

我常在公开场合和年轻人说，不要因年轻资源不足而受限，越是年轻更要去尝试别人看起来不可能的事。当初我因身体缺陷，遭受到无数个工作机会被拒，我不能因他人拒绝我，就拒绝成功。报社开除我，我转为派报做销售，通过派报累积了第一桶金，才有了后来的事业。在本书中，我看到几个销售实务经验，让我倍感亲切。我非常认可曲欣正值青春选择在销售锻炼基本功，获取与人接触沟通的宝贵经验，从实务中成为该领域的销售冠军。我能如此肯定她，是因为我在销售工作中也累积了不少经验。我深信没有卖不掉的商品，只有不会卖的销售员。青春就要勇于尝试，只要有一口气在，重新来过都来得及。摔倒了，站起来之前记得抓起一把沙，要从失败中吸取教训，习得一课无价的经验。

多年后，我创办事业不再是只有营利，更有着社会责任推动我向前。事业有成后，我仍不忘学习。知识，不但能够充实人生，也能打开视野。我时常建议年轻人多学习，这样不但能够改变命运，也能开启人生新篇章。我能从三缺人生（一级贫户、身体缺陷、11岁丧父），拼搏到现在的三赢人生(创立事业赢得财富、投入公益推动理财教育、赢得健康幸福的人生)，任何人都可以。

如同曲欣在书里告诉读者的，遇到困境时，不要看你没有的，要看你还有的。这本书能够帮助你在遇到困境时转念，只要转个念，每一天都能阳光满地，每个人都能创造属于自己的三赢人生！

（本文作者为台湾财经媒体巨擘
理周集团总裁暨《理财周刊》创办人）

目录 /

Part 1

在最好的年纪，带上梦想去努力

Part 2

在残酷中，才会深深懂得这个世界

Part 6

挫折是磨刀石，让你更锋利

Part 7

熬过去，你就是光芒

Part 8

相信自己，世界不会辜负努力的你

Part 9

你的拼搏，终究辉煌

Part 1

在最好的年纪，带上梦想去努力

我真幸运，可以在拒绝中学习；我真幸运，没有临阵脱逃；我真幸运……我数着一天的幸运，数着数着就睡着了。

把困境转化为勇气和梦想

一场无情的台风和暴雨，把我家旁边温柔的潺潺溪水激怒成凶猛的“河怪”，也打破了我平静的生活。家里遭受溪水的倒灌冲击，地板裂开了。沿着溪旁居住的邻居挡不住急速上涨的溪水，家家户户都淹得很惨重。我们家离溪边最近，房子受到狂风暴雨的肆虐，受灾也最严重。这也意味着我家又一次面临着搬迁。

从小搬来搬去，不是住大伯的房子，就是住三舅舅的房子，可能是习惯了寄人篱下，经历了人情冷暖，学会了察言观色，早已懂得如何回避敏感性话题，在大人的眼中我的心智也显得比同龄人早熟。在这期间，大伯和三舅舅也在不知不觉中成了我的典范。

他们有个共同点，就是拥有敏锐的商业头脑。大伯做地产建筑事业，三舅舅做肉品生意和二手房买卖。他们都拥有好多套房，我总觉得大伯和三舅舅好棒，梦想着如果有一天我也能够像他们一样那么棒，那该有多好。这一次要搬到新竹，三舅舅给我们提供的房子里。在这里我跟年龄相仿、境遇相似的小慧最聊得来。我们有一个共同的梦想，希望有一天不要再寄人篱下，能够拥有自己的家。

当时，小慧时常邀我一起画画，大部分都是画“我的家”。梦想随着画笔在画纸上实现，这是我第一次将内心的渴望告诉这个世界。

可就当新竹充斥着我从年少到青春的成长记忆，就在我好不容易熟悉了新竹的街道，有了可以一起做梦的朋友，最美好的青春仿佛将要在这座城市谱出飞扬的舞曲，舞曲前奏正要响起时，却在一夕之间变了调。

一个夏日，我下课回家后看见了一幅熟悉的场景，妈妈正在打包。她把东西一一装进箱子，边打包边说：“大伯给爸爸买了房子，让我们搬过去，你把需要打包的东西理一理，整出来。”

这突如其来的消息让我一时没能反应过来，我愣了好一会儿。我已习惯出了名的新竹风，也尝惯了三舅舅食品工厂现做的新鲜贡丸，还有熟悉的朋友，搬家不就意味着要和熟悉的一切道别吗?

道别，不是一句“再见”。道别，是要割舍你已习惯的东西、你习惯的人、你习惯的环境、你习惯的空气、你习惯的温度、你习惯的……一切一切。

几位要好的玩伴知道我要走，都依依不舍。大伙儿为我精心准备了礼物，希望在往后的日子里不要忘记我们曾经一起疯狂的青春、一起欢笑的青春、一起聊天聊到深更半夜都不睡的青春。我告诉自己无论如何都不许掉下一滴泪，无论如何都要忍住，只是搬家而已。我故作镇定地笑着一一接过礼物，多么希望时间就定格在这一刻。当收到小慧递过来的礼物时，小慧哭了，我也哭了，我们都哭了，凝结的空气止不住青春的泪水。那一刻青春的眼泪不值钱，换不回搬家的事实；这一刻回想青春的眼泪是无价的，换回恒久的回忆。

擦干眼泪后，我们又搬家了，搬到属于我们自己的“家”。坐着大卡车摇摇晃晃地来到大伯买给我们的房子，虽然没有三舅舅家的大，虽然没有新竹风城热闹，但有了可以安顿的地方，我们有了自己的家。大家都说青春无敌，我却很压抑，我的快乐指数降低了许多。搬到新的地方，我需重新认识新的环境、新的朋友、新的……一切一切。

别人的青春多姿多彩，我的青春迷茫中带着压抑。我渐渐地越来越在意他人的眼光，越来越在意别人说话的语气，也越来越敏感。

在这里住了一段时间后，我们和邻居们也熟悉了，邻居有事没事就串门子。偶然间邻居批评爸爸让我听到，那一刻我特别不好受，一颗心开始往下沉。无数的疑问开始往上浮，我不能理解这些人为什么喜欢三姑六婆论人长短，不能理解我们为什么要搬到这里，不能理解我们为什么总是寄人篱下，不能理解我们为什么不能像大伯和三舅舅一样拥有很多的房子，不能理解我们为什么不能像大伯和三舅舅一样赚很多的钱。我越来越不快乐，我陷入一大堆的为什么里，我快崩溃了，低潮的心情无法言喻，郁闷了很长一段时间。我的话变少了，不想和外界接触，不想听到不喜欢听的话，我感到很孤独很迷茫。我独来独往，与外界隔绝，过了很长一段时间，连和一起上学的青春同伴都不怎么说话，不希望他们察觉到什么，也不愿意和他们说心里话。放学时我刻意说有事情要先走，回家刻意绕过他们家，少接触就少听到，没听到心情就不会受影响。他们喜欢东家长西家短，很不负责任地张嘴就说某某如何如何。我管不住他们的嘴，不见到面总可以吧。我几乎把自己关到另一个世界。

在另一个世界很安全，没有人打扰，只要抱着收音机把开关打开，我的世界就会打开，可以听喜欢的电台节目，还可以听那首《我想有个家》的歌。旋律随着呼吸进入我的每一个细胞，我听着每一句歌词，无疑地这首歌明白我内心的想法，每一句歌词都在敲打我的心……

我想要有个家，一个不需要华丽的地方，
在我疲倦的时候，我会想到它。
我想要有个家，一个不需要多大的地方，
在我受惊吓的时候，我才不会害怕。
谁不会想要家，可是就有人没有它，
脸上流着眼泪，只能自己轻轻擦。
我好羡慕他，受伤后可以回家。
而我只能孤单地、孤单地寻找我的家。
虽然我不曾有温暖的家，
但是我一样渐渐地长大。
只要心中充满爱，就会被关怀。
无法埋怨谁，一切只能靠自己。
虽然你有家，什么也不缺，
为何看不见你露出笑脸。
永远都说没有爱，整天不回家，
相同的年纪，不同的心灵，让我拥有一个家。

《我想有个家》重复播放着，我听着听着，听到入睡。

在一个凉爽的夜晚，我准备窝在房里再次打开收音机进入我的世界，收音机里却传来一段话："……你的价值是与生俱来的，不必在意他人的眼光；你的人生不是别人说了算，是自己说了算……"我好奇地竖起耳朵，这个人是哪里冒出来的，哪来的自信啊？好奇心使然，我继续往下听这位声音略带沙哑、态度坚定的来宾说些什么。虽然我是从中间开始听这节目，但还是止不住想听下去的欲望。

"……刚开始我参加学校比赛的时候，很在意有没有得奖，得失心越重越不自在，参赛的作品越不如预期，还低于平日的水平，结果没有进入前三，过去看好我的众人跌破眼镜。我感到让大家失望，很失落，一度想要放弃。那次之后，我很在意别人评论我的作品，在意背后的指指点点，很在意有没有获奖。我几乎把别人的话当成圣经在信仰，说我的作品好，我开心；说我不好，心情就大受影响，也影响一天的学习心情，仿佛我每一天的心情都操控在别人的手上。不是，是在别人的嘴巴上。只要是作品选拔，我就特别焦虑，有时整天魂不守舍。那种没有自信的感觉几乎要让我窒息，几乎要把我给勒毙了。我都是看别人脸色来展现喜怒哀乐，就像是别人的影子，心里头装的都是别人的看法，没有自己。我不知道别人的一颦一笑、只言片语对我的影响那么大，原来我的自信是建立在别人的每个眼光、每一句肯定的话里。"

我意犹未尽地听着：自信是建立在别人的每个眼光、肯定的话里？

我专注地听下去……"就在学校要公布获奖名单的前几天，我精神紧绷，几乎失眠。终于等到这一天了，老师在教室里公布我的作品获选，作品先暂时由学校保管，即将代表学校被拿出去比赛。听到这个消息我才松了一口气。老师说完，便表扬我，说我的作品表现得很好，和上次的作品截然不同，细腻处巧夺天工，连老师都不一定有这个水平，还要其他同学好好欣赏我的作品。我听老师这样说后，心脏扑通扑通地越跳越快，激动的心情溢于言表，心中的大石头得以卸下，已获选就可以出去比赛了。下课后，同学纷纷主动来找我，向我问东问西，还问我创作灵感怎么来的，是如何做到的，一大堆人围绕着我。顿时，我有了存在感，有了价值感，有了自信感，有了好多好多说不出来的感受。”

听到这里，我的心好像活了起来。这时候主持人问：“这次获选让你信心大增，一举扭转了沮丧的心情，你是不是就不迷茫了？”

来宾继续说：“还是有些迷茫，内心的压抑还在，自信是一点一点地找回来的。就在放学回家之前，老师特别约了我谈话，他提起关于比赛的事。老师知道我很在意这次的比赛，他告诉我这次是校内选拔比赛，校内比赛胜出，还有校外比赛，要我以平常心对待。并说，有得失心很好，表示你很在意，很有荣誉感。但如果得失心让你的生活失去平衡，失去生活的节奏，失去感知人与人的温度的能力，失去对自己的信任，那么这个比赛就失去价值了。你要知道，你的价值是与生俱来的，不必在意他人的眼光；你的人生不是别人说了算，是自己说了算。这次代表学校比赛你要调整好心情做好准备。”

“听完老师这段话后，我豁然开朗，就像夏日的浪花打在脚上，暑气全消。从那次之后，我铭记着这句话：你的价值是与生俱来的，不必在意他人的眼光；你的人生不是别人说了算，是自己说了算。面对每一次比赛，我总能从容不迫，自信地准备。我的自信不再是建立在别人的眼光以及肯定的话语上，是我自己选择相信自己，因为每个人都有选择权……”

来宾继续说着，我却停留在这句话：“你的价值是与生俱来的，不必在意他人的眼光；你的人生不是别人说了算，是自己说了算。”我本来心情压抑，这句话打醒了把自己关到另一个世界的我，好像把在另一个世界的我拉到现实。虽然我没有作品要比赛，但我就是和这位来宾一样，快乐与否是取决于别人的嘴巴的，我没有看到自己与生俱来的价值，我也有选择权，快不快乐、开不开心我都有选择权的，我何必要被一堆口水淹没。我有选择权，我选择不再落入情绪的陷阱里。我从床上跳下来，不愿再百般无奈地对着天花板抱怨，不如来做点儿什么比较切实际。

这时候，我的脑海中出现了小慧，想起我们不管他人眼光尽情地在纸上挥洒的样子，专注在画纸上表达内心的想法，在画纸上大声地告诉世界我们的梦想。再加上每次想起大伯母勉励的话语，我的心中就像黑暗中点亮了一小盏烛光温暖心房，这些画面持续在脑海中出现，令我心跳加速。

青春，就要无所畏惧，勇往直前

与其迷茫，不如让自己变忙，换个方式看世界吧。我打算去打工，改善家里的环境。我想要有个家，有一个真正属于自己的家，或许这是个很好的开始。我开始思考，人的大脑真是奇特的构造，当打算走出迷茫，看什么都顺眼，当陷入迷茫，看什么都不顺眼，好像连巷口胡伯伯养的狗都和我作对。我想起刘阿姨上周找我的事，刘阿姨来问我假日能不能到她的彩绘工作坊帮忙，她急于交一批彩绘作品给厂商加工。那时候我正不开心，就婉拒了她。就是现在吧，我现在答应刘阿姨不正是时候吗?

之前到刘阿姨那里打过一阵子工，彩绘并不是非常容易的工作，略带有技术性，必须参照每一块模板。加上刘阿姨要求也高，每次上颜料都要很专注，虽有一些难度，但我还能胜任，我做出来的彩绘的质量都能够让刘阿姨满意。

刘阿姨的工作坊环境优雅，每天放着不同的水晶音乐。刘阿姨说彩绘是有生命的，彩绘的作品听了音乐，把它们买回去的人会更快乐更幸福，我们也能一起感到快乐和幸福。当时我不懂她的论述有何考究，我听了这些音乐心情是很好的，做出来的彩绘作品也有正能量吧。刘阿姨给的工资比一般钟点工高许多，这类有些艺术性质的彩绘，画久了审美观也能提高。当然也有缺点，缺点是彩绘颜料有刺鼻的化学药剂味道，坐在工作台之前都得戴上口罩。为了赚钱，刺鼻的味道就忍下了，我打算继续到刘阿姨那里打工，攒一些钱存起来。

在刘阿姨工作坊打工的那段时间，我对休息室墙上的那几张青春逗趣照片特别感兴趣，照片里的人戴着斗笠站在茶田，我特挑出几张问刘阿姨照片里的是谁。

刘阿姨转过身不疾不徐地往我这儿走过来，笑着说是她自己。

“墙上的照片是刘阿姨你啊？”我发出难以置信的声音。因为刘阿姨的谈吐如她播放的水晶音乐一样，轻轻柔柔的，声线很美，怎么也联想不到照片中的人是她。

“很多人都不敢相信那个在茶园撒野的人会是我。”刘阿姨边沏茶边和我说。

我频频点头说：“是啊是啊！我也不敢相信，那时候是在采茶吗？怎么有机会去茶园呢？是去玩儿吗？戴着斗笠好酷啊！”

刘阿姨见我惊讶的神情，不禁笑出声来：“你太逗了，只不过是戴个斗笠嘛！”

这时，刘阿姨优雅地端起她沏好的台湾高山乌龙茶，也递给我一杯，轻轻地喝了一口便和我聊了起来。她不是去玩，原来她站立的绿油油的茶园是她爸爸的。刘阿姨家里有个茶庄，每逢采收茶叶时特别需要劳动力。刘阿姨在爸爸的要求下，必须去帮忙。刘阿姨并不喜欢采茶，虽然刘爸爸会给她支付和劳动力相应的工资，但是刘阿姨依旧不喜欢采茶，她喜欢看漫画和画漫画里面的人物。毕业之后，她想朝文创路线发展。刘爸爸不认可这个爱好，每次都会批评刘阿姨，画画不能当饭吃，充其量只能是打发时间的玩意儿，只要每次见到刘阿姨拿着画本，都会数落她一番。他觉得画得再好也卖不了几个钱，只要在茶园踏踏实实地采收，做买卖就行了。刘阿姨认为采茶不是她想要做的事，她不想在毕业后整天和茶叶茶梗为伍。

被否定的兴趣，画本上的作品被视为没有价值，她感到家里没有人懂她的青春。她表面上虽然看起来很顺从，但内心充满压抑和反抗。她开始假装生病，常说肚子疼，这样就可以不用到茶庄帮忙。慢慢地，她和家里人说话越来越少，只要空闲的时候就抱着画本，只要是她喜欢的人物，她就会把这个人物画到她的画本里，她觉得只有漫画里头的人物懂得她的青春。一次，刘爸爸从外面回来看到她抱着画本，恼怒地把刘阿姨的画本丢到地上并痛骂她一顿。刘阿姨拦不住怒火冲天的爸爸，看着心爱的画本被一文不值地丢在地上，整个人被愤怒笼罩，原本意见分歧的父女的关系变得恶劣。那一次之后，父女的关系降到冰点，将近三年没有说话。

刘阿姨说这一段事情时眼眶泛红，我感到不好意思。我的好奇心触及了刘阿姨的伤心处，我尴尬地看着刘阿姨说对不起。刘阿姨嘴角露出浅浅的微笑说没事，那时很迷茫，不懂父母心，现在说给我听听，希望我能踏实地走出每一步青春，又能享受青春的轻狂，不会伤到父母的心。原来刘阿姨和爸爸冷战的第三年，爸爸劳累过度倒在病床上。她无法领悟爸爸的话，爸爸说青春是一笔财富，不要浪费，要她好好学习，将来好好经营茶庄生意。刘阿姨认为经营茶庄对她来说还太遥远，她只想要纯粹的青春，没想到她的想法却换得深爱她的爸爸倒下。

刘阿姨再次优雅地端起桌上的茶，一杯在她记忆中驻足不去的玉兰花香的高山乌龙茶。她说这个香气是陪伴她长大的味道，也是她最排斥的味道。爸爸倒下后，她恍然发现这是她成长的味道。每当她身心俱疲的时候，她总会帮自己沏一壶台湾高山乌龙茶，茶香的滋味让她忘却疲惫，清新迷人的花香味让她的心逐渐安定下来。原来茶香从没有在她的记忆中缺席过，如同那三年爸爸对她的爱也没有缺席过。

爸爸的倒下冰释了三年的冷战，刘阿姨想让爸爸好好休养。她回到茶庄帮忙，同时也希望能够修复和爸爸之间的裂痕，她内心何尝不希望爸爸对她的兴趣有所支持?

我听到这里，焦急地想知道刘爸爸康复了没有。话还没说出来，刘阿姨便顺着我的情绪说下去，刘爸爸在刘阿姨的细心照护下恢复得很好，很快就回到茶庄。刘阿姨语带激动地说出那让人出乎意料的事，刘爸爸不再否定她的作品，还让她去考察一下，家里的台湾高山茶能不能和文创挂钩。那一刻她好激动，爸爸宛如老顽童般的武夷岩茶，茶汤在稍作停留等待的时候，竟给人一个回马枪，香气在不经意中释放出来，让人惊喜，十足不按牌理出牌，需耐心等待回音。

刘阿姨说当时她正值青春没有基础，茶庄和文创挂钩没有对接好。倒是有了自己的文创工作坊后，她把身边几位文创界的朋友整合起来，让台湾高山茶和她的彩绘创作走出了宝岛台湾。

我听着刘阿姨的经历，无法想象现在的她犹如蜜香浓郁又不失婉约的台湾东方美人茶，和那段迷茫的青春里的她真是判若两人。

没想到本想找点事情挣钱，竟然能够听到那么精彩的故事，刘阿姨的作品走出宝岛台湾，我除了感到与有荣焉之外，她的故事还强大了我的内心。

其实我还发现，刘阿姨的工作和生活都和茶在一起，无论是在休息或创作，或是有访客，她总是会沏一壶高山乌龙茶款待朋友，清新的茶汤就是她清静内心的写照。她感慨地说，一个人再怎么任性，还是会经过事件和时间的洗礼，就像是毛毛虫蜕变成蝴蝶需要时间。她还说，如果重新再来，她不会让爸爸倒下，因为青春可以奔放轻狂，但不是任性疯狂，对世界保有一颗纯净的心，世界会为你疯狂。

刘阿姨不仅在心理上给了我支持和鼓励，在我的人生道路上也给了我很大的指引。

一天，窗外的天空灰蒙蒙的，我原本就郁闷的心情受到了一些影响，彩绘时连续出现了几个失误。这种新手才会犯的失误引起了刘阿姨的注意，她当时没有打断我的工作，直到午休时间，刘阿姨要我一起品她刚从茶庄带来的高山乌龙茶。我才坐下来就看到灯光反射下的茶汤滢滢透亮，我轻啜一口，带有淡淡桂花香的茶把我压抑的情绪稍稍缓和下来。每次刘阿姨要我坐下来和她一起喝茶，我总有一种莫名的安定感。

刘阿姨早看出来我有心事，拐着弯地问我在她那里做得还习惯吗。我看着她点点头说嗯。她悠悠地问，彩绘是一个带有技术性的工作，我刚到时遇到过许多挫折，是怎么想要坚持下来的，还能在她那里帮忙那么久。我笑着说，其实我对画画也感兴趣，我很早就意识到家里没有条件让我往这方面发展，这个兴趣也就搁着了。不像大伯可以给堂妹提供去学画画、提升绘画能力的条件，我只是在上美术课时尽情投入，画得比其他同学好。老师会挑我的作品做校内展览，或是校内有比赛时，会让我代表班上比赛，但没拿过第一名，最好的成绩是第三名。我有点遗憾地低着头，准备说出："如果能够去学画画，我有机会拿第一吧！"这句话还没被说出口就被咽下去了。青春的我把话咽下去是常有的习惯，我是很少诉苦的人，对于得不到的东西一向藏着不说。我会默默地去努力，对于那时候想去学画画的想法，不是努力就会有的，索性就不说了。

刘阿姨看出了我的低落，问我："你想往画画这方面发展吗？"

我想了一会儿回答："我不敢想。"停顿一会儿继续说："这是一个奢侈的兴趣。"我从小就是这么认为的。小时候每一次到大伯家，见堂妹有很多绘画材料，堂妹也会很大方地和我一起玩，一起画画，还会一起捏黏土。但回到家里却什么也没有，我回到家只能捏泥巴，对我们家来说没有条件买这些东西，最多只有羡慕的份儿。

刘阿姨看出我的心理，她用另一种方式安慰我。只要对画画感兴趣，任何时候任何年龄都可以去学的，只要那份赤子之心还在。

我略带遗憾和认同地回答："我想是的。"幸好那时候没有因为我回答这句话而把气氛弄僵，没有影响我们的交谈。刘阿姨顺着我的思路继续和我聊着，问我除了画画还喜欢什么，出社会后有想找什么样的工作吗。我被这么一问都蒙了，我还真不知道自己喜欢什么。我低头想了想，抬头一看展架上是刘阿姨的青春代表作。青春的她热爱画画，为了捍卫她的兴趣，可以任性地和爸爸冷战三年。她的坚持获得爸爸的认可，她多么幸运啊，兴趣成了专长，还成了挣钱的工作，如今还有青春代表作。我把眼光转向自己，我除了画画还喜欢什么？我的青春代表作是什么？对于那个时候的我来说，画画充其量是“功课”，没有条件发展成兴趣，必然不会有青春代表作。短短几分钟，我的头脑中快速闪过自己平常没有关注的问题，信息量多到来不及反应。视角转往刘阿姨，我老实说，我真不知道自己喜欢什么。对于未来我很迷茫，至于找什么样的工作，确实没有仔细想过。我只知道毕业后要赚很多钱给妈妈过上好的生活，还要有自己的“家”。我欲言又止，刘阿姨看出来了，她要我有事别放在心里尽管说出来，别把她当外人。

即使刘阿姨要我尽管说，我还是没法全部说出自己的迷茫。我内心很纠结，刘阿姨对我那么好，到底要怎么说。犹豫了一会儿，连续喝了两杯茶后，我鼓起勇气说：“刘阿姨，我很喜欢彩绘的工作，但是攒不了很多钱，我想改善家里的环境。前几天听到邻居说，胡伯伯家的大儿子当兵回来去做销售，做了几年挣了很多钱，又投资又买房买车的。我听了好羡慕，也好想去做销售，想趁暑假去尝试看看。”

刘阿姨听了后有些不舍，用关爱的眼神看着我。她说我比同龄人早熟稳健，做事情负责任，到哪里都可以有好的表现。接着她又说，销售很辛苦，会面对很多困难，遇到的挫折比她这里还要多，心理压力有可能比她这里多上十倍百倍，这些我想过吗？

坦白说，那时候让刘阿姨这么一问，我有点儿退缩，是真心没想过销售到底有多辛苦，会遇到多少困难，会面对多少拒绝，会比她那里的挫折多多少倍，还会有什么心理压力，一点儿都没想过。我迟疑了一会儿，也不知道那个时候是哪来的灵感，头脑里出现了我站在众人面前演讲的画面。既然在学校里我可以代表班级去参加演讲比赛，一次面对那么多人我都可以站在台上，销售只面对一个人，我应该可以吧。于是我把目光转向刘阿姨，看着她那双明亮又会说话的眼睛说："没做过也不知道行不行，说不定我可以。"

刘阿姨察觉我想改变家里环境的念头，她善意的关心似乎阻止不了我的跃跃欲试。午茶时间我们聊了很多，我才知道，刘阿姨想要培养我，提升我的专业素养，好让她的工作坊继续做下去。碍于我想要赚钱，她没有强留我下来。她告诉我，如果我以后对彩绘还感兴趣，可以再来找她。那一次交谈后，我把手上的工作交代完后，就没再回去那里帮忙了。

离开那里的那天，刘阿姨说了一些勉励的话送给迷茫的我，其中一段是："青春，就该去尝试你想尝试的，不去尝试，连修正的机会都没有。或许一开始为了生活去做不确定是否喜欢的事，但无论喜不喜欢，经过磨炼你会累积经验，会知道哪些是你所擅长的，哪些是你的兴趣。不管有没有兴趣，你的能力会被磨炼得更亮。"虽然当时不是很明白她话中的道理，但我能够体会她要我勇敢地迈上青春的道路。

手握着刘阿姨送给我的她亲手做的彩绘杯子，我心中是满满的感谢。感谢她对我的关爱，感谢她为我的青春添加勇气，感谢她让我看见温柔的坚定，感谢她让我见识到为捍卫兴趣那份坚定不移的执着。最后，我又必须面临道别，道别依旧是一件很难学会的事，我从孩提到青春仍没有学会。我依依不舍地看着刘阿姨，轻轻地说一声再见。唯一不同的是，这次道别多了一份酸楚与迷茫，我转身带着刘阿姨送我的礼物离开工作坊。那份礼物我仍小心翼翼地收藏着，至今都舍不得用。

你若付出，收获自来

热心的张妈妈知道我暑假想去打工，于是她帮我介绍到销售电视护目镜的公司去做销售。因此，我改变了在工作坊吹冷气的工作，走出去挨家挨户敲门做销售。

报到第一天，我和几位新人坐在会议室，忐忑不安地等待，东想西想销售要怎么做，从哪里开始，也期待能有培训课程去学习。我问了邻座的新同事："今天做新人培训吗？"她耸耸肩说不知道。我对面坐着的新同事潇洒地说，没有培训就实战学习，看来他有销售经验，说起话来颇有自信。片刻后，一位看起来像是经理的领导走进来，他说要分组。我心里想可能分好组再做培训。很快我们被打散到不同组，接着宣布我们跟着组长一同出勤。出勤？我头脑里出现了许多问号，没有培训吗？我看了一眼原本邻座的新同事，分组后她坐在我的斜对面，也是不同组，她露出诧异的眼神看着我说了一句："竟然第一天没有先培训？"

我心里想，不会吧，张妈妈介绍的这家公司正不正规，靠不靠谱啊？我的疑问还没停，我这组的组长出现了。他开始自我介绍：“大家好，我是第三组的组长，也是你们的组长，我姓卓，以后叫我卓组长就可以了。今天我们要进行户外培训，所谓户外培训就是实地教学，我们几位资深同事会各带一位新同事一起拜访客户，你们看我们怎么敲门、怎么介绍产品、怎么沟通、怎么和客户收钱。很简单，你们看几次就会了。”

天哪！我会不会来错地方了，从环境幽雅的工作坊到这里，这里的人像是土匪去打劫一样，销售是那么野蛮的吗？和我想象的太不一样了，不太可能吧？我看胡伯伯的大儿子做销售每天都西装革履，而这个地方的销售却这样做。那一刻我想夺门而出。我深呼吸想了一会儿，既来之，则安之，现在也不是只有我一个新人，先一起去参加户外培训，弄清楚再决定这个暑假是不是要在这里打工。

原来出勤就是出车，同一组的团队成员连同开车师傅个个都是年轻人，在组长的带领下共同搭乘一台面包车。组长之所以是组长，是因为他们是正职。我们是暑期打工的，由正职的组长领导我们。我们这台车的师傅姓余。余师傅也要做销售，他多了开车奖金的补贴。组长很开心地带我们来到目的地，余师傅开始出声了，原来他还兼职啦啦队队长。余师傅对我们新人说：“把一只手伸出来，我们一起围成圆圈然后喊三声加油就解散，然后跟着你们的师父去拜访客户。”组长在我们喊加油之前做心理建设：如果拜访客户被轰出来，不用怕，再找下一位准客户；如果被扫把扫出来，也不要怕，再找下一位准客户，只要是被扫出门的，就快要成交了。也就是说，够坚持，做销售就是要坚持，和翻牌一样，一定会翻到“A”。我们这一组的目标，是午饭之前一定要有同伴成交，成交再一起吃午饭。谨记今天的目标，开单！

于是我们各自跟着师父实地体验，看师父怎么敲门，怎么讲解护目镜的价值，怎么被拒绝，最后再如何简简单单促成成交，收钱！我的师父是组长，我跟着他去拜访客户，可从早上忙到近中午不但没成交一单，还目睹他被扫地出门，连我也一起被扫出来。我有些不知所措，组长却很淡定地看着我说，做我们这行的，这是很正常的事。听师父这么一说，我想我需要先学习调整心态。

一直忙到过了午后，我又热又累，饥肠辘辘，快熬不住了，才终于等到师父翻到“A”牌，全组人才终于吃上了午饭。

饭后，我们继续师徒一组。师父很勤快也有劲头，被拒绝了无数次，仍坚持继续拜访下一位准客户。他见我似乎有些疲倦，终于愿意坐下来了，我就借此和师父聊了起来。师父在这家公司做快一年了，个人业绩在公司维持一二名，第三个月就晋升为组长，整组业绩争取保二争一，和另一组组长比拼得很厉害，每天早出晚归的。他说，他也是经过别人介绍到这家公司的。老板很务实，是个勤勤恳恳做事的人，知道干我们这行挺辛苦的，奖金发得很高。干销售的，只要肯付出，是可以赚到钱的。我边听边总结，一是原来我被分配到公司厉害的团队，二是跟了厉害的师父，三是可以赚到钱。就在此时，师父大喊：“走，赚钱去！”让沉溺在可以赚钱的喜悦中的我变得斗志昂扬，立马跟着起身，快步跟上。

下午的拜访，我们被轰出来的概率比早上高许多，因为下午师父选择了住宅区。许多人在午睡，师父带着我挨家挨户地敲门，不是被骂吵死了，就是被骂你不午睡我要午睡，要不就是吃了闭门羹。师父会在拜访下一个客户的路上和我说上一个客户的状况，会听你说的和会拒绝你的客户的心态。坦白说，我也不知道他说的到底灵不灵，只是照单全收。这时候已拜访了两个多小时，师父还没开单，于是师父说要找个地方坐下来，调整一下气场。他又说，绝对不能到有冷气的地方去休息，只要一进去就会怠惰，我们找个稍微安静的地方休息一会儿就好。还没坐下来，我已两眼无神，肚子咕噜咕噜叫，饿了也不敢说，担心说了被开掉。

一坐下来，师父就给我鼓励，他慷慨激昂地说，下午还没开单是磨炼，磨炼需要环境。我很幸运第一天就有机会接受磨炼。有些新人一起出勤实地教学，他们看到师父上午成交，下午开单，一天可以开个三单，新人就感到赚这个钱太容易了。第二天他们单独拜访客户的时候，遇到了挫折就会有很强烈的挫败感，因此成功不能来得太容易，一旦太容易，就会有大头病，得意忘形。他不希望新人有大头病，所以他认为我很幸运，第一天就有机会接受磨炼，挫折是磨炼心志最好的机会。师父又继续说，他们观察新人是否能存活下来只要三天，第一天是他的学习态度，第二天是他单独作战的能力，第三天是他的坚持度。很多新人在第二天就打退堂鼓，第三天就不见人影。只要熬过三天，新人基本上就可以存活下来。80%的新人会在第四天一早出现，20%是意外，也就是第二天太幸运开单了，第三天碰了一鼻子灰，遇到挫折，第四天直接消失不见人影。

师父跟连珠炮一样，讲了一大堆，让还没喘过气的我想问都没机会问。我最想问的是，我今天的学习态度合格吗？第二个想问的是，跟一天，第二天就要单独作战吗？

结果，不需要我问，组长就帮我解惑。他说我的学习态度很好，而且还不会喊苦喊累，很少有新人不喊苦不喊累的。事实上我很累，却只往心里放，不敢说出来。师父接着说第二天新人必须单独作战，才能脱离依赖期，不然永远没有独立的机会。我心想，听起来真是有一番道理，不然永远看别人赚钱。还没想完，师父紧接着说他的工作目标，每天至少要开两单，今天目标只完成一半，我们还需继续努力。接下来拜访客户时，开场白由我来，产品说明师父来；再下一个开场白和产品说明都交给我，最后临门一脚的成交他上。

什么？我没听错吧！早上不是说第一天是实地教学，怎么我就要上了？

估计师父看我面有难色，他说："这就是有活生生的客户让你演练。你跟了一天，学了那么多，不去实地演练怎么学得会？你不做给我看，我怎么知道你的问题出在哪里？教你游泳，我不能岸上教，暖身操做好了，你还是得下水，呛几口水就会游了。"

说得可容易，呛几口水就会游了。果真，拜访客户让我"呛到水"了。

我们从客户家门走出来，师父便会给我做案例剖析。他说我怯生，胆子不够大，自信心很重要。我们从下一个客户家门走出来，师父告诉我气场很重要，气场不够强，就被对方镇住了。我们再从下一个客户家门走出来，师父说："刚刚那个客户说没有钱付不起，你应该问他每个月多少钱他才付得起。他说了金额，你就让他分期，我们可以分3期、分6期或12期，按照他的能力给他适合的期数。我们一次一次地从客户家门走出来，你会发现重复的问题就那几个，要不是拒绝，要不是没钱，要不就是要问掌管家中财物的。只要遇到付钱的不在家，你就要把握机会问下去，有技巧地问管财务的人什么时候在家，记录下来，安排时间再来拜访。在和客户沟通的过程中，他有没有钱，你很快可以判断出来，这个不是一次两次能够教会你的，这个和‘会跟和慧根’有关系了。”“会跟和慧根”是什么我还没来得及问。我们又一次从客户家门走出来，师父说：“你在害怕，不要怕，你再怎么不懂，客户比你更不懂，要比你懂的是少数人。遇到少数人就和他学习，捧捧客户表扬客户，说他好棒，说你今天很幸运，遇到专家可以和他多多学习，他就会很开心，说得比你还要多，于是你的产品好处都让他说完了，你就只剩下收钱的工作了。”

“那么容易啊？”我终于开口提问了。师父说：“难道你觉得很难吗？销售只不过是交朋友而已嘛！他想说，你就让他说；他不说，你就问，你问了他不就说了吗？”听师父说完，貌似有点儿道理，我继续跟着师父斗志昂扬地拜访客户。

皇天不负苦心人，终于翻到“A”了，是由我开门和讲解产品，师父收钱。我太兴奋了，开这单我帮了一半的忙，我兴奋地笑了，眼睛发出愉快的光。走出客户家门，师父要我在服务人员处一起签上名，奖金分给我一半。

“啊！为什么？我是来学习的，怎么有奖金？”我惊讶地问。

师父说这是他带新人的惯例，只要新人学习态度好，他会给新人实地演练的机会，成交就会给新人一半业绩和奖金。这样新人就会有信心，第二天一定会报到，单独作战就会有信心。即使新人第二天没有开单，第三天也会报到，一步一步地放手，新人就会独立。“你是工读生[①]，一般只是让你们跟一跟，不会教那么多，适者生存，不适者淘汰。工读生顶多只是暑假期间来打工，待的时间不长，团队贡献度不高。对于工读生，大浪淘沙，抗压性高想赚钱的

① 工读生：半工半读的学生。

就会留下来，不会特别去教他们太多东西。见你一天下来很认真，一起拜访完客户还做笔记。我第一次遇到做笔记的销售，而且还是个工读生，所以我愿意多教你一点儿。”

我听了眼眶泛红，很感动也很感谢，师父把他经过时间磨炼所积累下来的经验教给了我。那一刻，我感动到不能自已，心情久久不能平静，似乎领悟了师父说的“会跟和慧根”。

师父看到我眼眶泛红，他笑了笑说：“走啦！不要那么感动啦！小事一桩！你学会了，以后你也可以传授给其他人，帮助青春迷茫的小伙伴。”师父加快步伐前往集合处等其他小伙伴。

“所有人都到了吗？”师父拉开嗓门问大伙儿。所有人异口同声地说：“到了！”师父说，今天完成目标的举手。大家统统都举手。“很棒！给自己掌声鼓励鼓励。”于是掌声响起来，大伙儿都处在亢奋中。师父继续说：“出勤就是要开单，有开单才能赚到钱，谨记今天的付出和努力的成果，明天继续！走，我们吃晚饭去！”

“哦！还有晚饭吃！”我不禁莞尔一笑，原本饿得两眼无神的我哪去了？我徜徉在开单的喜悦中，跟着青春的成果吃饭去！

回到家我才知道腿酸，双脚都起水泡了。梳洗后，贴上创可贴，我带着疲惫躺下来，看着天花板，不知不觉地一天过去了。今天过得真快，今天是我做销售的第一天，一天就发生那么多事情，一天里遇到那么多的拒绝，一天里学习到那么多的销售知识，一天里就有机会成交。我真幸运，被分配到跟组长一组；我真幸运，可以在拒绝中学习；我真幸运，没有临阵脱逃；我真幸运……我数着一天的幸运，数着数着就睡着了。

挫折是磨炼心志最好的机会

第二天一早，我准时在公司出现。如师父昨天所说的，有人打退堂鼓了，十几个新人，有五个人没来。我们依然在会议室坐着等候，各组的组长来找自己组里的小伙伴。卓组长面向所有人说，后天起到各组集合，不用到会议室等候。原来前面二天是在洗牌，留存下来的小伙伴才有机会到各组集合。

这个不像早会的早会结束后，我跟着师父上车。师父坐在驾驶座旁，他和余师傅说了今天的行程路线后，转向后面和我们说，今天依然开发住宅区，延续昨天还没拜访完的区域。这个时候有一位新人出声了："卓组长，可以问问题吗？"

组长说："你说，什么问题？"

新人问："如果今天整台车没有开单，能够下班吗？"

这位新人问的这个问题让余师傅动了肝火，他很凶地轰了回去："你什么不好问，一大早触霉头。你担心不会开单，就不要出勤，出勤就是要赚钱，担心就别来，滚回你老家去。”

卓组长见余师傅边开车边发怒，略带严肃地安抚余师傅道：“新人不懂事，不用动气，你专心开车，我来处理。”

卓组长转过身来和这位受到惊吓的新人说，做销售一早就要调整心态，要先相信自己会开单，才出勤。如果带着恐惧出门，一天都会过得很压抑，没有力气拜访客户，说出来的话就没有影响力，没有影响力自然不会开单，最终赚不到钱，赚不到钱就会离开，然后下一个定义，销售不是人干的。干销售这行，信念很重要，你相信你就会得到，不信就没有。我坐在后座听着师父说的这番话，觉得很有道理，于是我把他的话记录下来，“信念很重要，你相信你就会得到，不信就没有。”卓组长随后交代师徒行动组的任务。“今天是新人的第二天，每一组师徒共同开发一个区块，新人独立作战，你们事先约好休息见面的地点。如果遇到问题可以请教你那一组的师父，两两一组各自行动。”卓组长说完后，大伙儿都安静地坐在车上。这位新人低着头不敢再出声，车子随着车上播放的热门音乐疾速行进。

几首歌听完后，我们到了目的地，卓组长示意余师傅调动一下团队情绪。余师傅召集大伙儿围成圆，要我们喊完三声加油后，再大声说开单。喊完后，我跟着师父，主动帮他拿一些讲解材料。师父带我到昨天开发的区块，他说两个小时后这里见。他向我比出加油的手势，我也回他加油的手势，拿着产品和讲解材料往目标市场走去。

第一天独立作战开始……

我边走边想，昨天傍晚怎么讲开场白的。走着走着，我觉得这一家估计挺友善的，敲敲他家的门吧。敲门后，来开门的是位老爷爷，他说年轻人上班去了不在家，他不管事情，晚上再来吧。我心想，还好不在家，师父不在身边，一个人要怎么讲，我还没准备好。我一路怯生生地敲了几扇门，没人应答。这时候我才意识到自己在恐惧，恐惧有人来开门，开门不敢讲话。这样下去不行，没有人让我讲，就没有机会销售出产品，没有把产品销售出去就赚不到钱。不行，我要振作起来，早上师父才说："信念很重要，你相信你就会得到，不信就没有。"

我的嘴巴里念念有词："我相信我可以开单。"我继续走着，看到这家门外还做了布置，估计有经济实力，看来是有文化的人。我向他介绍，估计有机会成交。于是我勇敢地按门铃，一位女主人出来开门，头上卷了好几卷发卷。她看了看我，问我要做什么，然后打量我一番。她看到我手上的材料和产品，直说"不用，我家很多，你找别人去"。我话都还没有开始说，就听见砰的一声，她把门给关上了。天哪！就这样把门关上，连一个字都还没让我说。我站在门外，缓缓地转身，又沮丧又难为情，东张张西望望，看看有没有被其他人看见。自己觉得四下无人，便深呼吸了好几次，调整一下心情，走到另一处给自己打气一番。师父说，被扫把扫出门就是快要翻到"A"，我距离翻到"A"不远了，我是吃了闭门羹！

我继续按了好几家门铃，怎么都没有人应答，该不会都不在家吧？再下一家，再下一家……如果还是没人就回去集合处。叮咚叮咚！我勇敢地按下门铃。等了好一会儿，鸦雀无声，我遗憾地走回集合处。组长见到有人脸上挂着笑容，有人挂着苦瓜脸。组长在午饭时间给大家打足了气，做销售就是坚持与努力，永远要记得被拒绝就是翻牌，要持续翻，就能翻到"A"了！

吃完午饭后，师父让大伙儿休息一会儿，依然宣布两点半集合。我和师父走在一起，本想和他聊聊上午的销售初体验。师父抢先一步说，夏天天气热，让大家休息到两点半再去拜访客户，太早出门晒到中暑，整体作战气势也会受影响。听师父这样说，真感到他的不容易，担任一个团队的领导，要顾及大伙儿的业绩，要挑选对的市场给大家开发，还要顾及情绪和士气，提升大伙儿的作战能力，又要带新人。我也不去问他了，下午继续努力。

下午两点半，余师傅让我们围成一个圆，激励大伙儿士气，喊三声加油后，师徒两两一组各自努力。我沿着上午的路线继续拜访客户。和昨天下午差不多，不是没有人应声，就是连续好几家都在午睡，比较幸运的是，我没有被轰出来。我往前走，看到一家门半开，打算再勇敢地敲这家大门。正走到门前，我听到有狗在吠，听起来是只大狗的叫声。我犹豫了一会儿要不要敲门，还是敲吧，从早上到下午都没有人让我好好介绍，敲门就有机会。没想到一敲门，这只狗没有拴，朝着门就冲了出来。门被狗冲开了，我看到这只大狗吓得大叫，几乎要连滚带爬地逃跑。瞬间，这家女主人出来了，把狗拉住，直说“不好意思不好意思，把你吓到了，早上忘记把狗拴上了。你没事吧？进来坐”。女主人边叫我进去坐边把狗拉到后院拴上。我吓呆了，站在那里一动不动。女主人很友善地说：“我给你倒杯茶，压压惊。”这位女主人很和善地让我坐下来，我在惊吓之余，反应慢半拍，傻傻地坐下来。女主人笑容可掬，看起来庄重大方，她问我有什么事。我缓缓地说：“我是来介绍这个电视护目镜的，这个产品……”我就像是拷贝带播放一样讲出来。这位女主人笑了笑，“你这护目镜好像比我的电视小，你拿一片大一点儿的来帮我挂上。”我看了看手上的护目镜，又看了看她和电视。我连忙说：“好，我去车上拿，一会儿回来，这一片先放在这里。”师父教过我，要换其他尺寸的护目镜，得把手上这片留在客户家。如果客户拒绝，还有理由再回来，争取多一次沟通的机会。这位女主人姓什么我都没来得及问，只感到不可思议地往车子方向走。她连多少钱都没问，就要我拿一片大的挂上去，难道这就是要成交的征兆？内心的喜悦真是笔墨难以形容。

我再次回到这位女主人家，准备再做讲解。她说：“不要紧，你挂上去吧，我用过这产品，我知道这产品很好的，看电视不会那么刺眼，抗辐射。”原来这位女主人买过这款产品。我很快地挂上去，把两联的客户服务卡填写好，并在服务人员处签上我的名字，连同保证卡一起交给了这位女主人。这位女主人姓詹，往后的日子我都叫她詹阿姨，此后詹阿姨帮我介绍了好几位客户。

看了一看时间，集合时间快到了，我踩着欢快的步伐走向约好的地方，每一步就像跳跃的音符，丝毫忘却了早上吃闭门羹和下午被狗追的窘样。第一天独立作战遇到的所有的挫折，在傍晚开单后，挫折都烟消云散了。难怪师父说业绩治百病。开单不敢太过招摇，还是掩藏不了新人开单的兴奋神情。师父走过来看我喜出望外，笑着问我：“开单了？”我掩藏不住笑容地回答：“嗯，开单了！而且是最大尺寸的。”师父竖起大拇指，给我一个“赞”！

余师傅兴高采烈地朝着我们走过来说他开单了，我轻声地欢呼起来。余师傅还嚷嚷着，这个客户特难搞，一会儿这一会儿那的，还砍价。我盯着他看，砍价到底要怎么处理？没想到余师傅很幽默，他和这位大姐说，你再砍价，我的老妈都要寄给你养啦！余师傅说，和这位大姐东聊西扯，套近乎后，就收钱了。余师傅说得倒是轻松，能够开单就是一件不简单的事！也印证师父说的，销售就是交朋友！

所有人都到齐了，脸上都挂着笑容，显然都开单了！我看师父手上也握着客户服务卡回执联，不由得窃喜，今天可以准时吃晚饭了。果不其然，师父说了一声："提早收工！"大伙儿坐着余师傅的车到馆子吃饭。饭菜还没上桌，师父的好心情让大家得了个实惠，他说："今天所有资深同事都开单了，外加一个新同事，晚饭加菜！"这个福利一出，一阵欢呼声响起，尤其是余师傅的声音特别响。余师傅看起来瘦瘦的，食量特好，也难怪他最开心。

连续两天下来，体力用了不少，提早收工正好可以提早回家休息，养足精神，第三天继续努力。

第三天，那位惹怒余师傅的新人没有来，人数比第二天又少了几位。经理把人数少的那一组拆散到各组，我们这一组也分配了一位。我和这位新伙伴打招呼，我主动带她到第三组集合。我们很快上车，师父点完所有材料和产品后，最后上车。整台车热闹哄哄地出发。

师父给大家介绍这位叫忆华的新伙伴，原本师徒两两一组，我们是一老二新，三人一组。师父不知道忆华前两天出勤跟单的情况，上午带她半天实地教学，下午让她实地演练给师父看。忆华内敛沉稳，有步骤地完成师父交代的工作。我转向自己的阵地拜访客户。跑了一天下来，没有什么成果，眼看太阳就要下山了，还没有开单，我开始急了。怎么办？集合时间要到了，我的客户在哪里？我越是急，越没有成绩。又过一小时，我还是没有开单。眼看不早了，我走到集合的地点看到师父，沮丧的脸让师父看出来我还没开单。师父安慰我说："没有天天过年的，你是新人，一周开二单就很厉害了，况且你已经开1.5单了。别给自己那么大压力，今天给自己调整一下气场，明天继续奋斗。"我并没有因为师父这番话而松懈，我一直在想怎么突破。我问了师父，明天可以再跟师父拜访客户吗，我要把那份气场找回来。师父说他要带新人，不好一次三个人进客户家，会把客户吓到。他让我跟余师傅，他说换个对象，可以学习不同的表达方式。

第四天，我准时出现在公司，人数又变少了，而且是少了快一半。那些人第三天没熬过去吗？师父说，只要熬过三天，新人基本上可以存活下来，80%的新人会在第四天一早就出现。昨天遇到挫折了吗？第四天大半数的人影都没见到。做销售流动率那么高吗？我不禁这样想。昨天分配到我们这组的新人走到我身边，我看着她说："还好你来了。"我们很有默契地一起上了车，有个境况相当的同龄人陪伴，真好！我们在车上聊了起来。这也是她第一次做销售的工作，我们有同样的想法，赚钱。她还没开单，她觉得扛得住这份压力，因此她今天依然来报到。我和她说，跟组长拜访客户可以学到不少东西，学到的东西就要马上用，不然会忘掉。我们俩彼此打气，争取今天开单。

一天过去了，傍晚我们到集合处会合。我回来了，忆华也到了。我们带了早上互相打气的承诺，彼此都开单了。我带了一张小单回来，无论大小，我们俩都很开心。那一次之后，我们成了很谈得来的朋友。

晚饭的时候，余师傅取笑我，说我的幽默感太不自然了。事实上，我自己也清楚，我不是一个幽默感很强的人。上午跟着余师傅拜访几位客户，他和客户能够谈笑风生，很快可以和客户打成一片，不成交都能像朋友一样约下次再见，而成交时又能够很自然，客户掏钱都掏得很爽快。我想有这样的能力，就立即效仿，怎知道学得四不像。看来，每个销售都有自己的风格，不能硬套，先把自己的基础打稳，再融合其他人的优点，才不会贻笑大方。

第五天、第六天……我跟着团队一起出勤，犹如师父说的，客户重复的问题就那几个，我的应对也越来越纯熟，开单率也提高了。时间过得好快，周会公布新人业绩排行，我得到了第一名。我是由卓组长带领的，我和卓组长共同上台领奖。这份奖金给我莫大的鼓舞，让我在销售行业初试啼声就有小小的成绩。同时我也铭记师父对我的期许，继续加油保持名次。我没有让他失望，第二周我的业绩翻倍，第三周、第四周，接下来的连续几周，我依然是一群新人中业绩排行第一的。师父带领的第三组勇夺第一。忆华性格比较温和，对第一的头衔没有我那般在意，她总是坐在下面默默地支持我。

初尝做销售赚钱的甜美果实，体验到和人说话就能赚钱的乐趣，让我打下同陌生人交流的基础。暑期将近两个月的打工，我领到的工资让我眉开眼笑。我从来没有领过那么多钱，我把一半存到我的小房子存钱罐里。

我很幸运，第一个业务工作能遇到这般狼性的销售模式。犹如师父说的，磨炼需要环境，挫折是磨炼心志最好的机会。在这里我最大的收获是每天遇到拒绝，每天磨炼我的心智，让我越挫越勇。最大的心得是行动加勇气，有再好的口才，足不出户，依然不会有成果。勇敢走出去，打开心门才能敲开客户的大门。

在这里学到技能又赚到钱，是我对师父最感恩的事。打工最后一天的晚餐，师父带领第三组的伙伴给我和忆华饯行。师父还说了他的心愿，他再做个一两年存够了钱，要回老家娶媳妇，把家里的地整一整，和媳妇在老家种地，收成可以批发给城里的商贩，和媳妇过滋润的小生活。师父祝福我们前程似锦，发达了别忘到他老家去找他。师父把这个场合弄得离情依依，原本对于还没学会道别的我，不知道要怎么说出情深义重的话。我心里很明白师父对新人的照顾，我深深地感受到那份用心，我答应自己，说不出来的话，日后会和师父一样做出来。这一次道别除了一声再见外，还多了珍重。

你需要一面镜子，才能看清自己

暑期打工让我对销售有了比过往更多的信心，初尝销售甜美果实的滋味，也不会因那次暑期打工时间的久远而消失。我自己看似可以勇敢，但是前方是云是雾，还是看不清楚。很多次我在夜里反复问自己，我的未来是不是一定要走上销售这条路？无数个傍晚我走在路上，看着被秋风吹起又散落一地金黄的落叶，总会想，这一地的落叶是不是也和我一样迷茫，找不到天地的方向？

赚钱充斥了我整个头脑，改善家里生活占满我的整个思绪。我已经穷怕了，现在只想改变生活。我不知道有多少次对着自己说，如果我能够和三舅舅一样做生意，那该有多好！

纵使秋去冬来，我始终没有忘记我想要有个家。我心心念念着这件事，有时和忆华见面偶尔也会和她提起。忆华是性格内敛善于倾听的女孩，再加上她比我大，时常以姐姐的样子关心我，就这样，我不知不觉中愿意和她说一些我的心里话。

忆华知道我在考虑销售的工作，一天，她特地来告诉我。她有一位大园的朋友在做美国原装进口的妇幼产品区域经销代理业务。听说这家公司已获得独家代理权，虽然刚起步但很有潜力，公司在寻找桃园区的销售。这位大园的朋友叫意文，负责大园芦竹一带，刚刚打开了市场，做得很出色，她找这位朋友帮我做推荐。于是意文推荐我去面谈。很顺利地通过两轮面谈，我有了我出社会的第一份销售工作。

我开始熟悉这份工作，意文很热心，告诉我有关产品的专业知识，我对产品很快就上手了。这份工作依然是要做陌生市场开发，有别于过去，不再是开发个体户，而是要开发店家。我看着这些从美国进口的产品，每一瓶单价都那么高，谁能买得起？客户会在哪里？新公司对于市场开发还没积累成功经验，必然还没有建立培训系统，大部分都是由销售自己摸索。我和有经验的销售沟通，他们大多请朋友推荐店家然后去洽谈，新人一样参照有经验的销售的做法，我进一步了解了一下，成果一般。

过去在暑期打工时，我和师父学了一些东西，看来还可以用得上。师父会在每个月初做好市场开发的规划，每周把一个区域打深，深挖耕耘，不做蜻蜓点水。师父曾说，销售就是和客户交朋友，既然交朋友就要先建立信任感，信任感的建立就是要不定期出现在客户面前。像我们这种移动式的销售团队，不要让人感到像是游牧民族，要有“扎营”的概念，要让这小区的人家把我们当邻居，他们才会放心地和我们谈话，增加购买我们产品的机会。当时，在公司里，是师父率先用“扎营”的概念带领团队，其他组倒是像游牧民族，时常转换阵地。那段只有短短两个月不到的销售经历，实际上比书本上的理论知识还管用。

我有别于其他销售，在纸上写了简单的市场开发计划。首先是罗列了几个我自己认为买得起的潜在市场，挨个去跑了一遍和做市场调研。我费尽口舌地讲解，这是美国第一大品牌，如何如何，他们的反应冷淡。再深入了解，他们会拒绝你，理由无非是跟你合作能让我赚钱吗，我凭什么相信你。

总结店家的想法后，我先和比较友善的店家沟通，我可以先提供产品给他试卖，打开他们的合作意愿。有店面我才有机会销出去，我才有机会挑出有潜力的店家长期合作。

那段时间我的压力挺大，公司最多仅给我们一套产品做店家开发讲解用。我的策略是要多家店家帮我试卖，我得先垫出资金给公司，才能拿到更多的产品。我把之前打工存的钱全拿出来垫上。当时我的胆子确实挺大的，我必须搏一下。不去做，怎知道行不行，最坏的打算是，万一店家没有卖掉，我顶多收回来自己零售。万一店家卖掉了，我可以挑选出值得长期合作的店家。

当然，也不能打没把握的仗，我和店家协商：试卖期间，进新一批货时，再现金结算上一批货品的费用。一个月没有销量，下个月会将产品收回。我必须有技巧地和店家沟通，以免还没开始就砸锅了。我和店老板说："我们先试卖一个月，如果你这里的客人对这方面的产品不感兴趣，我也不好意思占据你寸土寸金的店面，我会来收走的。"店老板也很通情达理，多多少少也能够明白我的意思。双方礼貌地把合作方式说清楚，日后做起事情也方便。事实上，我要调度产品及资金控管。

有些店家销量反应不错，我就把销量停滞的店家的产品调给销量好的店家。很快，我看到了有潜力的店家。西药房、妇幼用品店、进口精品店的成交量名列前茅，于是我将重心放在这几个市场上。我的业绩排名很快在总公司报表的第一页出现。半年后，我是桃园区第一名。对于其他市场我也很有信心慢慢开展。在意文的推荐下，我取得了桃竹苗区经销的机会。除了日常市场开发外，区经销的资金调度更加灵活，我和店家是月结算，和总公司是开支票季结算，还多了3%的管理奖金。我开始有了当小老板的感觉，很努力也很开心。

随着经验的积累，我归纳出系统跑市场和补货的策略，秉持着诚信的态度，客户也帮我介绍了不少人。我的业绩蒸蒸日上，和店老板成了朋友。我每次载着成箱成箱的货品帮他们补货时，店老板也会很热心地帮忙搬这些很重的产品上架。我在骨子里似乎受到舅舅潜移默化的影响，有时候身上还会出现三舅舅那豪气干云的性格呢！

我遇到挫折身心疲惫的时候，会去找忆华说说心里话，吐吐苦水。她是我最好的听众，总是安慰我；当我心情低落时，她会带我去祈福，渐渐地她成了我最好的闺蜜。

拼搏两年多，我有了些存款，最替我开心的朋友莫过于忆华。做区域性的销售工作后，我的朋友逐渐多了，我开始大方地结交新朋友。忆华非常看不惯我这么慷慨，时常劝我，有钱要存起来，不要乱花。我每一次都会说，我没有乱花，人总是要交朋友的嘛！她总是不厌其烦地劝我，“以前你没钱的时候，这些朋友在哪里？你现在有一点儿钱，以前不出现的朋友现在都出现了，你觉得他们是真心的朋友吗？你不能有一点儿钱就飘了。”忠言逆耳，我回她也丝毫不客气，“我什么时候飘了，我又没有纸醉金迷，也没有胡作非为……”忆华说了一大串我听不进去的话，她生气了，我也生气了。

我回去忙我的，以前空闲或疲累时，都会给忆华打电话。那次她劝我之后，我大概两周没有给她打电话，这是我们自认识以来，第一次那么久没有通电话。忆华担心我，给我打电话，约我出来见见面。她知道我自从做了区经销后生意很好，赚了一些钱，一些她认为的损友时常出现在我身边。她的话我不像从前那般全听得进去，而她知道我想要有个家，她不再规劝我不要和她认为的损友往来。见面不到半小时，她说："你不是想要买房子吗？看哪一天我陪你去看房子。"

忆华这么一说，我才恍然大悟，我赚钱不是要买房子吗？我怎么那么阔气地把钱花到其他地方去了。她的一句话可说是让我"悬崖勒马"。我终于买了房子，非常非常开心，打算好好装修，接妈妈来一起住。面对每个月要缴纳的房贷，我用钱也开始有所节制，渐渐地忆华不希望我结交的朋友逐渐变少了。我一如既往地努力工作，无论是开心还是忧愁又都会给忆华打电话了。忆华依然带我去祈福，我们的友谊依然如故。那段看似荒唐的青春里，我并不知道自己如此迷茫，如此想被肯定，一心往外寻求认同感。或许大伙儿都有过青春迷茫期，不懂得怎么规劝对方，而青春又是如此美丽短暂，一个不小心没有把握住，就如流沙般在手中流失。我很幸运，有一位一直关心我的闺蜜，她时不时地用温暖的双手拉着我，紧紧不放手，直到我听到真心友谊的声音。

人生最美丽的回忆就是他同别人的友谊。

——林肯

Part 2

在残酷中，才会深深懂得这个世界

我没有条件做傻事，妈妈是支持我面对所有挫折的力量。我必须打起精神来，生活还是要过，擦干眼泪明天必须正常跑市场。

在得意的时候，更需要谨慎小心

从小到大我一直想要有个家，正值青春便踏入营销领域。当别人青春年少时是在玩耍，我青春年少时却在做市场开发；当别人青春年少时在享受时光，我青春年少时却是在路上奔波。头一年如果不说非常拼搏，也可以说没有轻松过，辛苦了两年多才有了小积蓄，几度想被肯定和寻求认同感，差点儿因自己的迷茫把青春的梦想推到悬崖。幸好闺蜜及时喊停，让我守住得来不易的积蓄，如愿付了首付买了房和车，日子过得还算滋润，可以说是为青春按下了幸福的快门。我对于这个靠勤奋努力得到的工作机会很知足，很大的可能是身边的同学常在抱怨工作骂老板。对比他们，我对工作是天天充满激情，即使大太阳底下上下货，也很开心；我在起步阶段肩上虽背着房贷和车贷，流着青春的汗水，却依然甘之如饴。

随着经验积累，我对工作节奏也越发熟悉，越来越发现挑战性大不如前。平日除了有系统地跑店家外，这份工作可说是“作息正常”的销售工作，有时明天会发生什么都可以预测得到。渐渐地，我觉得生活和工作有些平淡，少了新鲜感。空闲时我常在想平淡的生活必须来点儿什么，不求刺激，总可以充实一点儿吧?

一天，我兴高采烈地给忆华打电话，和忆华说我想要做点儿什么。忆华在那头一听就把我劝下，她担心我太劳累，她知道我要跑市场又要把货品搬上搬下到店家补货，建议我还是把手上的工作做好，别干其他事儿，会影响到我现在的工作。我觉得有道理，就被劝住了。过了一些时日，我又感到这“作息正常”的销售工作有些乏味，我又给忆华打了几次电话，说了我想和朋友一起做项目。她听了后，回复我：“你外行，还是不要去碰吧！”她总是劝我，才刚起步不要躁进，我还有房贷车贷，身上必须有些存款以备不时之需，先别急着去投资。忆华性格比我保守，不希望我太过于冒险，就如一开始我先垫出资金向公司进更多产品给店家试卖，她都替我担心万一店家卖不出去怎么办。后来我和她说我可以零售卖掉，她才没那么担心了。我们的性格有些不同，仍能聊在一块。当我太过于冒险，她就会劝劝我，在她几次规劝后，我能免于损失，好比能买房多亏忆华的规劝，有这样的青春闺蜜感觉真好。

这次我又兴起一种想要做些什么的强烈念头，又给忆华打电话，而这也是我最后一次和她说起我的“野心”。我告诉她我想开早餐店，当时还没等到她回答，我就噼里啪啦地讲下去：“你看，早餐店营业时间很短，就一个上午，不至于太累。关门后我可以去店家关心他们的销量，该补货的补货，该做活动的我去支持做活动，这样是不是很棒啊？”

我说得眉飞色舞，嘴角和眼角的笑容都还挂在脸上。忆华在电话那端不冷不热的一盆水浇下：“你别折腾了，日子过得很舒服，何必去弄那些呢？况且你现在有房贷车贷，你能不能安分一点儿啊？”被她这么一说，我安分了。

在安分了一阵子后，我那不安定的灵魂又活跃了。有一次我们在聊天，倒没有说想要做些什么，只是聊聊。“其实我不是要去追求刺激，总觉得青春就该来点儿不一样的，我不想让平淡乏味的生活淹没青春。明天会发生什么我都能预测了，你不觉得这样的青春很无聊吗？”我说了让忆华颇有同感的一段话。而她也不知道青春要如何不一样，仅说很多人的青春不是都这样吗。

我不想都这样，我想要不一样。要怎么不一样？我还在寻找这个问题的答案。之后我不再和忆华聊这方面的话题了，毕竟每次聊这方面的想法，我们总持不同的看法，或许工作环境已经完全不同，她每天固定上下班，我每天在外跑市场，看到很多新鲜事物，也见到许多商机。无奈我资金不够，不敢贸然参与。

即使没有找到答案，我仍一如既往，每天会按照区域划分到不同的店家关心销量。只要到距离小暖的店不远的店家时，我总会到她的店里坐坐。小暖人长得非常甜美，拍过几次平面广告。也因她的个性好相处，常有熟面孔出现在她的店里，找她喝喝咖啡，我也不例外。小暖有那么诗意的咖啡空间是来自于她大学时期的青春梦想，想要有一间咖啡飘香的小店。因此在和家人的商量下，她在位于商业区的一楼开起了“暖香咖啡”。

我第一眼看到这家有特色的小店就被深深地吸引。门口和落地窗旁摆设了许多欧式的家庭饰品，只要怀揣过梦想的人都会想进去坐一坐、看一看。在她的小店，你总能找到“想要而不需要”的东西，无论是送给自己或是朋友，你都会成为有品位的人。我常来，成了熟客，也和她成了朋友。在这里久了，也认识了小暖的许多朋友。小暖关门前，偶有朋友会前来一聚。小暖喜欢热闹，常会约大伙儿出去吃夜宵，这个时候忆华就不会出现了，第二天她要早起上班。

到小暖店里我常会遇见一位又高又帅的男孩AJ。彼此印象都很好，我们很谈得来，渐渐地越走越近。忆华不是很赞成我们走那么近，她总认为我们不是一个世界的人，不应该“井水犯上河水”。小暖则持客观立场，她总是浪漫地看世界。她认为谜样的青春本是互相吸引，既然是缘分到来，何必要刻意回避，该来的躲不掉，不该来的也不会来。正是她的浪漫性格，让主营咖啡的小店顺应来店客人对于欧式家饰的需求，将咖啡一角改为仅和朋友聊天相聚的“一角”。家人支持她的转型，主要是原本在店里作为配角的家庭饰品利润大过一杯杯现煮的咖啡和一块块现烤的松饼，他们便将原本摆放在一楼的东西全都搬到楼上去。店面的空间变大，展示区域增加了经典水床和更多特殊的欧式家庭饰品。她渐渐地开始接室内设计的项目，和专业团队合作，让原本学室内设计的她回归正途。

我迟迟没有找到，该怎么做才能让青春变得不一样的答案，便在晚饭过后时不时去找朋友打发时间。我到了小暖的店里，AJ和几位熟面孔也在，我们又约在一起出去吃夜宵。一些时日后，又聚集了一群新朋友。青春的好处是，一个朋友会介绍另一个新朋友，接着又是一群同龄人相聚。渐渐地我发现在小暖这里找到“归属感”，能有一群谈话投机的朋友，只要有空闲时间我就会出现在这里。我和忆华的联系和见面时间逐渐变少，除非她放假才偶尔会一起到小暖的店里喝喝咖啡。我和AJ也不出意外地、很自然地被大家公认为一对。不久后，AJ介绍了一位新朋友给大伙儿认识，见了几次面，和大伙儿都能谈得来。他说起最近想做一个项目，是多国语言的咕咕钟，也就是造型闹钟，打算找人设计造型，自己开模型量产，市场要做大必须如何如何。口才甚好的他，说得让人感到商机无限。他会将产品打到既有的渠道，听他把渠道一一细数出来，并说市场那么大需要几位好朋友共同发展。小暖和其他几位朋友没有多大兴趣，AJ兴趣比较大。他积极地找AJ参与这个新项目，他知道我负责区域经销的工作，我有那么多店家，也积极说服我参与。这些咕咕钟可以在这些店家销售，只要一家店面一天销售出去一只咕咕钟，我的利润会有多少，他立刻算给我听，鼓励我将店家变成重要渠道。我听了后，心有所动，但是我不敢在既有的店家去推动其他的产品。即使是区域经销，也有一定的自主权，这么做会对公司忠诚度造成影响。能够赚钱固然是件开心的事，但逾越了诚信这条界限，我就无法说服自己，于是我婉拒了这个项目。

AJ很感兴趣，这个需要投入资金，他手上没有充裕的资金。AJ的妈妈做生意亏损了，还处在处理债务纠纷的阶段，没法支持他。AJ年前上了一个会，投进了不少钱，现在手上没有现金。他起了向我借支票的念头，我有所犹豫。支票不能借，借出去万一没有兑现，那么就成了我的负担。我左思右想不知道怎么拒绝。即使是朋友，一谈到借钱，哪怕是借支票都让人为难。AJ察觉到我有所担心，万一项目不如预期说的那么好，支票跳票怎么办？

他费尽九牛二虎之力说服我，按照朋友的商业计划书从量产到营收的时间周期，是不会跳票的，项目能成功的，他能赚到钱的，说了一大堆。当时两人各自怀揣青春的梦想，AJ想说服我的心情我能够理解，可我觉得这个项目太理想化了，心里有些说不上来的不踏实的感觉。这项目真那么好吗？

我好几个夜里辗转反侧，到底我是不信任项目还是不信任他？

内心很纠结，一堆想法从脑中出现，我又一个一个地打消这些想法。既然走在一起何必不信任，仅仅是借支票，项目如果成功，不也就是他成功吗？我也希望他有一番事业。于是自己找了理由说服自己，既然我想要做些什么的机会还没出现，说不定他做成功了，也是我的机会出现了。于是我抱有另一番期待的心情，开了支票借给AJ。做这个决定时我没有告诉忆华，我知道如果告诉她，她会说些什么，索性就不说了。

那天之后，紧接着是公司举办全省区经销竞赛，我为取得好成绩，联系各店家举办促销活动。所有的海报和宣传页全上，可说是锣鼓喧天。我每天忙得不亦乐乎，回到家已是筋疲力尽，和AJ大多电话联系，偶尔见面吃个饭，也听听项目的进展。几次下来我发现项目都是按照进度在进行，借给AJ的支票也如期打款到银行，项目和支票都没事，显然我原来的担心是多余的。公司竞赛档期很顺利地结束，每家店的营业额都两三倍地翻新，最开心的莫过于我了。我拿到全省经销商第一名，赢得了一笔为数不小的竞赛奖金，开心得不得了。我打算好好请客。拿起电话打给AJ，告诉他我拿到奖金的好消息，晚上约几个朋友一起吃饭，我请客。电话这一端的我心情雀跃得连声音都在笑，电话那一端的他用一个没有笑容的声音回答："恭喜。"随即他用压抑的声音说："模具出了一点儿问题，有一点儿瑕疵需要做点儿修改，其他很顺利，就是……修改需要追加预算。"本来还处在兴奋状态的我，突然从沸点降到零度。我傻了一会儿问："怎么会这样？当初那些钱不够吗？"AJ有些不安地回答："项目总监说不够。"AJ说的项目总监就是找他投项目的朋友。

本来我说服自己抱持另一番期待的心情看待这个项目，听到这个消息，无疑是坏消息。左边刚拿了第一名奖金，准备庆祝；右边随即来了一个重击，宣告不用庆祝。一喜一忧，两件无法抵消的事情同时出现。我问AJ打算怎么处理。他说这是他第一次投资项目，不知道会发生这种事情，于是他约我出来聊一聊。

AJ除了安抚我担忧的心情，还说了他的不少理想和抱负，以及梦幻般的未来。迷茫的青春让王子公主梦打动了，他开口向我再借一张支票。我毫无防备地又借给了他。王子公主梦还没拉开序幕，就被接连下来一一现身的不如预期的消息击碎，第二张票AJ没有钱去银行轧票，求我周转。一听到消息我惶恐不安，他说仅是短暂周转，他的钱很快会进来。为了不让我的票跳票，名义上我先借他周转，实际上我用自己的钱去轧我借出去的票。AJ又连续借了几张票，我不忍心说不。说不，他之前说的理想和抱负好像就会化为乌有；说不，他怀抱远大的青春梦想好像就得不到我的支持；说不，我之前借他的钱是不是拿不回来了？

是谜样的青春，还是糊涂的青春，我已傻傻分不清，但再怎么迷茫总会清醒。我开始质疑，质疑这个项目会不会变成一个无底洞。刚开始AJ说我不信任他，我没再过度追究。眼见事情并不像他说的那样，为了他借的支票，我们开始争吵。AJ周转不灵没钱轧票，我又得用自己的钱去轧我借出去的票。眼看我的存款快没了，我内心焦虑不堪还须故作镇定地把工作完成，压抑地过着每一天，也不愿让身边的人察觉。AJ一直说没钱还给我，我快要崩溃了。因为他不信守承诺，我们多次争吵，越吵他越逃避，问题越来越大，我越来越担心。我担心所有的努力会因为这件事情化成泡影，责怪自己傻，骂自己愚蠢，看着桌上的支票存根联，我不禁哭红了双眼，可即便这样他也说没钱。这样争吵下去事情也不可能有转圜，我必须要冷静。票是我的，不能跳票，我就必须先去借钱轧票。我红着眼向忆华说了事情的始末，我被她狠狠地骂了一顿，“早就告诉过你，你们不是一个世界的人，偏偏要走在一块儿，傻到把自己卖了都不知道……”她很气愤地打电话给AJ，把AJ痛骂一顿，更是气愤到偕同男友冲去找AJ理论，要他有担当负起责任。没想到AJ怕担责任，躲避着不见面。

AJ避不见面，忆华开始怀疑AJ把钱挪作他用，没让我知道。这时忆华更生气了，气我傻，气AJ没担当，可眼前的问题还是要解决。忆华把积蓄借给我渡过眼前的难关，忆华更担心接下来几张票到期，AJ是不是能如期兑付。墙上的日历一天一天地被撕去，我的情绪一天比一天焦虑。我希望能和AJ好好谈一谈，他别躲着我。没想到事情真的一发不可收拾，AJ把我的支票拿到地下钱庄去借钱，怎么都不肯说出这些钱的用途。我找到项目总监，得知刚开始模具有一点儿瑕疵，向几个原始投项目的好朋友追加了一些费用，也算增资，后来就没有增资了。如忆华所怀疑的，AJ将我的资金挪做了他用。这下我不只是崩溃，是快疯掉了。票期到之前必须去缴纳利息，AJ两手一摊，说他没有钱缴纳，好几次联系不到人。地下钱庄最终找的是票主，即使我再怎么解释，说破了嘴也没有用，对方很简单的一句“不缴纳利息就按常规把票轧到银行”，把我吓呆了。我咬牙缴纳了几个月，利滚利已经入不敷出。我还要缴纳房贷和车贷，我快撑不住了，已无力继续支付利息，更别谈偿还本金。我焦急得像热锅上的蚂蚁，不知道该怎么办。这件事情使得忆华对我非常气愤和不谅解，她说我失去理智才把支票借给AJ。她早已劝过我，不要和他走那么近，可我怎么也听不进去。她说了一大堆我不想听的话，我快撑不住了，还得听她责备我，我压力太大，都快崩溃了，于是脱口而出："我的事情你就不要管了，没人让你操心那么多事。"这一句话深深地伤了忆华的心，我竟然口无遮拦地说出那么伤感情的话，我也很后悔，可说出去的话就像是泼出去的水收不回来。忆华含着眼泪转身走了，我看着和我没有血缘关系还那么疼我的姐姐被我用不理智的话"赶"走了，看着她走出我家大门，直到她的背影逐渐消失在我的眼前。我懊悔不已，我自责，当时没有勇气和她道歉，事后也没有力气去想该如何道歉。

梦幻童话一夕之间变噩梦，我从没遇过那么大的事，一夕之间要学会比坚强还要坚强，一夕之间要学会比勇敢还要勇敢。我一个人待在刚买不久的房子里，妈妈都还没搬过来住，我就打算要把房子卖了。我伤心之余安慰自己，房子卖了，起码不用还房贷；起码有一些钱可以还地下钱庄，把支票拿回来，不用被追债；起码我还有青春，还可以从头再来；起码我还有一份工作，起码……越想越忍不住了，我哭到泣不成声，哭到分不清白天黑夜。我哭累了就睡，睡醒了就哭，整天躲在房间里，下午拖着疲累的身子醒过来，蒙蒙眬眬中想起事发不久，忆华担心我做傻事。我告诉她我不会，我没有条件做傻事，我还有辛苦养育我长大的妈妈，妈妈是支持我面对所有挫折的力量。想到妈妈，我必须打起精神来，我还是得工作，即使要卖房子也不是一天两天就能卖掉，生活还是要过，擦干眼泪明天必须正常跑市场。

哪怕再艰难，你也要勇敢

我跑市场跑累了，伤感就会再次浮现，为什么我的青春要背负这么庞大的债务和面对如此不讲道理的地下钱庄？AJ为什么要逃避，他说有钱会还给我，什么时候才会有钱？没有期限的等待让我悲从中来，意识消沉地过着每一天。没想到，在我挂牌卖房子三个多月后，意文打电话给我，说她得知一个消息，总公司的产品因受水货充斥，公司严重亏损，无法继续经营，宣布结束营业。听到这个消息，我当时难以置信。怎么可能，年初不是才竞赛吗？业绩不是很好吗？怎么可能公司说结束就结束？结束营业如同晴天霹雳，我唯一赚钱的渠道没了，我打了无数通电话给总公司的副总，一直是关机状态。于是我和意文一起到台北总公司想了解清楚，上楼看见大门深锁，两人不发一语默默地搭乘电梯下楼。意文在车上回想说，难怪最近很少下货到区单位，难怪副总要我们把最近半年的支票开成月票，不要开季票，结束营业是公司早就盘算好了的吗？我恍然大悟，也认为意文的推论极有可能。意文说着说着，在车上大怒道："我为公司做牛做马，每天早出晚归，拼死拼活。公司说关就关，没有想到我们要如何生活？我的房贷车贷怎么办？……"

意文骂了好一会儿，她骂累了，不骂了。一路上我不发一语地听她发泄，我连骂的力气都没有了。前面还有一个烂摊子等着我解决，哪有力气骂？她坐在车上问我怎么办。我也不知道怎么办，我们彼此都非常需要这份工作，每个月底和商家结算现金，我们开季票给公司，对我们来说是一个现金灵活度很高的工作。说白了，也是一个付出劳力送货的工作，原本有点儿乐观，还有一份区经销的收入，有资金可以周转，生活不会有问题。等我把房子卖了，就不会因为要还地下钱庄利息而被逼得那么紧。没想到公司结束营业，那时我车上一箱产品都没有，没有产品就等于没有钱，我很担心也很焦虑。房子卖出去之前，我还是得缴房贷，没有钱怎么缴纳？才新装修不久的房子，连一份孝心都还没尽到，最后连缴房贷的工作也没了。

被现实逼得山穷水尽还背负庞大债务，我不敢让妈妈知道。我独自回家，到了门口看了我家的门牌号：平镇市大连街84号。这个门牌号快和我没关系了，没工作没收入，身上的钱快没了，车也快没有汽油了。接下来我不敢再出门，家里仅剩一些干粮。没出门那几天，我时常下楼到停在家门口的车上拿东西，有时候会遇到对面正在造房子的工地主任。一天傍晚他和我打招呼，问我住这边吗。当时我眼眶泛红并有所防备地回答："嗯。"就转头进家门。我每天愁眉不展，以泪洗面。

过了两天，这位主任带着黄色的工地帽按我的门铃。我探头出来，他笑着说："我们今天订了太多盒饭了，你可以帮忙我们消化掉吗？"我曾连续两天没有下楼，也就是说两天没有吃东西。虽然饿，我却不敢下去，只说我不饿，不用了。这位主任继续说：“今天有师傅请假，我们订太多了，食物不能浪费，农民种地也很辛苦的。”肚子咕噜咕噜叫，我迟疑了一会儿，按下遥控器将铁卷门升起一半，接了他的盒饭。他和我说“谢谢你”，我还没来得及反应，话都还没说出口，这位主任就小跑步到工地去了。连续几天他都送盒饭给我，我们开始简单谈话。他姓邱，工地的师傅都叫他邱主任，他没有问我个人的事情，看到我只是点头微笑然后去工地。

过了不久，我的房子终于卖出去了，缺钱像缺氧一样，缺到我喘不过气来。卖了房子还银行贷款及拿到一些钱还给地下钱庄，我把支票拿了回来，同时也悄悄地把亿华借我的钱打给她。我打算离开这伤心地。搬家前一天，我打算和邱主任道谢及道别。工地师傅说邱主任到台北开会，今天不会来工地。我错过和他道别的机会，我搬走了，心中对他有满满的感激。我想他观察到我很少外出，车子一直停在门口也没开，或许知道我没钱吃饭。他送盒饭给我吃了快半个月，我连他的电话是多少也没问，就遗憾地搬走了。我离开这里打算去台北。台北一直是我向往的地方，之前在许多电视剧里看到要出人头地就要去大城市。于是，我带着卖房子后还剩余的一点点钱到台北租了个小房间住，重新开始。

搬到台北大概一个月后，我想回去看妈妈。开车经过中坜水果街，钥匙没取下来，引擎转动着，我下车从车尾绕到另一边到熟悉的水果摊买水果。我感到我的车在身边缓缓地移动，我看着我的车在动，我放下水果立即用双手的指头拼命地去抓我的车门。车子加速开跑了，我整个人呆住了，我的车……卖水果的阿姨立刻叫道：“快报警啊！快报警啊！小姐你的车被抢了！”什么？我的车被抢了？当时我不相信我的车被抢了，跪坐在马路上。老天哪！你不会和我开玩笑吧？我的工作没了、房子没了、车还被抢了。我当街大哭，一直哭……好心的阿姨过来拍我的肩膀叫我不要哭，赶快报警。我到了警察局，阿姨陪在我身边做笔录，警察还问我车子有保险吗。我的车子买了不到半年，我印象还很深刻，我保了全车险、失窃险及零件险。当时警察先生要我通知保险公司，并示意我要问保险理赔的程度。保险公司理赔专员到了，告诉我车子买了不到半年，算是新车，投保范围蛮全面的，如果车子找回来可以获得理赔受损的部分；如果在一定期间内没有找回来，失窃险就会生效。我在做笔录时，看到我的指甲已经断裂得不成样，那是我在试图用手指甲来勾住车窗，往反方向拉扯时破裂的。

做完笔录，阿姨说："小姐，我帮你叫车，你快回家吧！"

"回家，我要回哪儿呢？我不能让妈妈担心，不能让妈妈知道我的车当街被抢了。"于是我回到自己在台北所租的小房子里。我好不容易用了好几天调整情绪，就像保险专员说的，幸好是车子出事，人没事，是不幸中的大幸。既然人没事，我就得振作起来。正要振作，没想到祸不单行，听到爸爸的房子被我的朋友骗了的事，我彻底崩溃了，一股悲凉从心中涌出来。青春为什么那么迷茫，希望为什么那么渺茫？为什么所有倒霉事都让我遇上了，这到底是什么世界啊？我的情绪低到谷底，一个人到台北连个朋友也没有，小小的房间空荡荡的更显孤单。我又把自己在家里关了几天，觉得生活太难了，感觉不到活着有价值，迷茫无助。就这样，我浑浑噩噩无意识地生活了一段日子，随手打开书桌上的台灯，台灯闪烁几下把昏暗的角落照亮了。灯亮起来的那一刻我起了找个人说说话的念头。我思索许久，在台北认识谁？有一位，我之前租用传呼机的供货商曾哥住在台北。电话通了，我告诉他我好累，好难熬，没有目的地讲了一大堆莫名其妙的话。电话那一端的他听了一头雾水，他很焦急地说："你千万别做傻事……你在哪里？告诉我地址，我去看你好了。"

不久，曾哥到了，他根本听不懂我在说什么。我瞬间崩溃，号啕大哭，上天为什么对我那么不公平，所有的倒霉事都让我遇上了。我什么都没了，没了房子、没了车子、没了工作，我都不知道前方到底有没有路。我哭得满脸鼻涕和泪水，宣泄到声音沙哑。还没搞清楚怎么回事的他，要我不要哭，擦掉眼泪好好说话，这样哭没有人能够听懂我在说些什么，要我好好调整情绪有条理地说出来。

所有倒霉事都让我遇上了，我被地下钱庄追债，总公司无预警地结束营业，我没有收入了，工作还没找到，车子又当街被抢，大伯买给我们住、登记在爸爸名下的房子又被我的朋友骗走了。大伯误会我，以为我和朋友一起骗我爸爸。

我没有啊！我真的没有！我感到莫大的委屈，再次号啕大哭，什么话也说不出来。坐在我面前的曾哥不知所措，他想安慰我，却安慰不来。我一直哭一直说，话都讲不清楚，就这样哭累了，坐在沙发角落发呆。他无语地看着我。

这时候曾哥站了起来，口气有点儿严肃地对着我说："遇到任何事情都可以解决，你一直哭什么事也解决不了，谁也没有办法帮你。你到底发生了什么事？现在不许哭，好好说话。如果你想哭，就不要说，想说就不要哭。你现在是要哭？还是要说？"

被他这么一训斥，我意识到要冷静，不敢太放肆，有意识地控制自己的情绪。我调整了情绪，说了一连串不幸的事情，还有车当街被抢的经过。那天到中塀分局做完笔录离开后，我惦记着妈妈，有将近两个月没回家看妈妈，心里惦记着要给妈妈生活费。我委托一位朋友，她是不久前我卖房子时帮我办理过户的中介叶大姐。我在卖房子的时候，她帮了我不少忙，介绍一些人来看房子，房子经过她帮忙很快地被卖出去了。我心想，那么多钱的房子她都能帮我处理，便没有防备地委托她拿一点儿钱回家给妈妈。几次后，叶大姐和家里熟了，就骗爸爸把大伯买给我们住的房子拿去贷款，钱被她领走了。大伯以为我和这位中介连手骗我爸爸。我真的没有，我真的没有！被误会是我最伤心的地方。大伯从小很照顾我们一家人，时常探望我们及给我们生活费，大伯母时常鼓励我，长大后和大伯一样赚很多钱，买大房子。大伯是我从小景仰的长辈，如同爸爸一样地影响着我，我遭受那么大的困境，大伯竟然还误会我。我打电话要和大伯解释，要去找大伯说明给他听，他不接我的电话，也不愿意见我。我哽咽地流着泪水，哭声憋在胸口地看着曾哥，好想放声大哭，但我担心会被训斥。

“你没有和那位中介叶大姐一起骗你爸爸，你就证明给大伯看啊！怎么可以这样就想不开？”曾哥淡定地说。

我一脸困惑地看着曾哥并问他：“我要怎么证明？”曾哥告诉我可以走法律途径，还鼓励我必须坚强冷静地去做这件事情，哭解决不了事情。事情发生谁都会难过，但事情已经发生了，难过不是解决问题的方法。我接二连三地发生那么多不可思议的事，理智都被事情击垮了，都没想到可以走法律途径。我聚精会神地听，头脑里同时在想有谁可以帮我。那时，曾哥提醒我要尽快走法律途径，把我爸爸被骗走的钱拿回来。曾哥不受我情绪波动的影响，淡定地把话说完。

“可以走法律途径”，这句话仿佛给我打了一剂强心针，我看到了希望。接下来曾哥连续几天来看我，给我鼓励和打气，告诉我孟子曰："天将降大任于斯人也，必先苦其心志，劳其筋骨，饿其体肤，空乏其身，行拂乱其所为，所以动心忍性，增益其所不能。"让我听了哭笑不得，也没有反驳他说的。曾哥还说了一句让我一直牢记在心的话，他说："你一定会翻身的，以后成功了不要忘记我。"当时我是多么想翻身，多么想成功。几天后，曾哥带了一本莫非博士的《心想事成》送我，他要我振作起来，并且尽快把书看完。

那段时间他时常鼓励我，"你一定会翻身的，以后成功了不要忘记我。"不知道他当时是为了要鼓励我坚强，还是他有远见。

一连几天被人鼓励，人开始有了点儿精神，我找了一位在律师事务所工作的朋友，和他说了事情的始末，得到了他的帮助。他帮我写诉讼状，以及向银行调录像带作为证据。我走上法院告这位中介叶秀锦。官司没有想象中顺利，在简易法庭外有好几位要告叶秀锦诈欺的人，让我感到震惊，原来告她诈欺的不只是我们。开庭时，叶秀锦当庭和法官说没有钱还债务人，官司诉讼花了好长一段日子，不但劳民又伤财，还不知道这笔钱何时才能要回来。我问在律师事务所工作的朋友，他也感到无奈。他说每次当事人遇到这样的无赖，就要有心理准备，这笔债务很难要回来。

对于这笔债务很难要回来的答案我简直无法接受，钱没有要回来，怎么获得大伯的谅解？几次在夜里情绪在内心翻搅，我不愿咽下这个委屈，每当情绪陷入低潮的时候，我会翻开曾哥送我的《心想事成》这本书。曾哥提醒我，无论什么时候都要保持积极心态，当情绪低潮的时候记得看这本书，这本书会加强我正面的信念，不要让负能量淹没我的青春。我努力学习加强信念，让青春再次活跃起来，我要让大伯知道真相。

人在年轻时，谁不曾受过刻骨铭心的伤

我不知不觉地看完了《心想事成》这本书，许多让我特别有感悟的章节还看了两遍，还画上星号标示重点。我的思想起了变化，青春的能量像电流般在每个细胞里窜动，我开始有了信心，迫不及待地想找曾哥说出我的感受。一天下午，阳光露出笑脸照耀着青春，我一扫过去的阴霾，联系曾哥要请他喝咖啡，并打算当面向他说谢谢。他看到我神采奕奕，不但替我高兴，还云淡风轻地讲了一段他的故事给我听。

“我也曾经跌倒过啊！跌倒不可怕，可怕的是跌倒了连站起来的勇气都没有。幸好我当时在年轻的时候跌倒，如果我60岁的时候跌倒，想爬起来都爬不动了。”曾哥露出他招牌的兔宝宝牙，若无其事地笑着说他在青春路上跌倒的经历。

曾哥一直有个要好的哥们叫阿成，两人约好要一起奋斗一起成功。出社会几年后，阿成要出来创业，资金不够，向曾哥借了一笔

曾哥辛苦打拼攒下来的钱，讲好成功后这笔借款将作为曾哥加入阿成公司的股份。因为多年同窗又睡上下铺，关系好到连女朋友都吃醋，曾哥也没有和阿成写任何借条或要求一纸合同。

阿成刚开始经营公司，订单不是很稳定，资金一度紧缺。为了能让公司正常营运，他把自己的积蓄全都投入了，不足的部分曾哥二话不说，将平日早出晚归打工所赚来的钱、省吃俭用存下的积蓄又通通拿出来给阿成。两人常在昏暗的路灯下吃大排档，聚在一起必然是谈未来谈抱负，两兄弟一起咬牙度过了最难熬的三年，公司渐渐有了起色。第四年的订单是过去三年的总和，阿成看到商机在眼前，想要扩大公司规模，公司还处于发展阶段，还没有盈余，因此他再向曾哥“增资”。曾哥仅是打工仔，每个月扣除生活开销，能存下的有限，于是曾哥做了信用贷款给阿成。曾哥认为自己是股东，也是公司的一分子，平常他上班没能参与经营，都由阿成负责谈业务、接订单，连招聘人才都没有帮忙面试过。这个股东当得太轻松了，内心有些过意不去，他认为他能做的就是资金上的支持。

这一年生意确实红火起来了，公司从第一年的三个人逐渐扩大到五十多个人。两人不再在昏暗的灯光下吃大排档谈未来谈抱负了，而是到高档餐厅听阿成规划未来。一直以来，曾哥都很佩服阿成的商业才华，最难熬的第一年都能挺过去，用三年的时间打下基础，一年的时间扩大规模。第五年阿成胸有成竹，营业额要达到过去四年的三倍，阿成确实做到了。曾哥谈到这里，脸上依然挂着笑容，显然对阿成的能力从没怀疑过。

“世事难料”，曾哥用沉重的口吻说出这四个字，瞬间让醇厚香浓的咖啡走了味。公司业绩暴涨的第五年，也是曾哥打工的公司惨淡经营的一年。那一年曾哥被无预警地裁员了，原本每天的生活重心就是早出晚归上下班，生气勃勃的曾哥被裁员后意志显得有些消沉。曾哥很快调整了自己的状态，和阿成说他现在是自由之身，可以和阿成一起在公司打拼。阿成听到后有些错愕，没有第一时间答应让曾哥到“自己的公司”上班。阿成说，他想一下怎么把大家手上的工作安排好，再来和曾哥商量。曾哥想，这也是对的，毕竟大家手上都有自己熟悉的工作，随便安插曾哥进去会影响工作程序。这一等就一个星期，一向生活过得充实的曾哥觉得闲得发慌，想约阿成出来聚聚，顺便问何时可以上班，丝毫没有怀疑。阿成说要见客户改天再约，一等又是一星期，阿成仍说要见客户改天再约。左等右等，两三个星期过去了，后来才知道是没有期限的等待，曾哥遗憾地摇摇头，喝了走味的咖啡。

我能体会，“没有期限的等待是最难熬的”，我顺着当时的气氛说了这句话。曾哥看出来我对他当时“等待”的心情的了解，这时候曾哥脸上的表情也不像一开始进咖啡厅来时那般阳光了。我想，任谁都会如此，谈到被裁员，谈到兄弟避不见面，怎么开心得起来？“接下来见面谈了吗？”我问曾哥。

曾哥遗憾地笑了笑并摇摇头说：“当初说好的一起奋斗一起成功，只有一起奋斗的份儿，没有一起成功的份儿。打从出资第一天起，就没有我的份儿，哥们情同手足，没有打借条没有看股东名册。事实上，即使亲兄弟都要明算账，这是我的错，是我过于信任所造成的，自己做的决定自己要负责。”

“然后呢？”我很遗憾地问。曾哥这时候的笑容渐渐有了阳光。没有然后了，那缕阳光般的笑仿佛表示曾哥释怀了。阿成以见客户为由，避不见面一个多月后，曾哥最终还是约上了阿成，到过去两人口袋空空，常光顾的在那盏昏暗路灯下的大排档再聚。这次再聚，他们没有谈未来谈抱负，这一聚重拾当年谁吹的牛比较狂的青春，这一聚重拾往日哥们让那盏昏暗路灯见证梦想的青春，这一聚聚出了阿成这几年的不厚道的青春，这一聚是兄弟的最后一聚。阿成没做任何解释，举起手上那杯酒说："曾哥，你的那一份算我欠你的，等我挣到钱了，加倍还给你。"

"那一杯酒是分道扬镳酒，我们已经好几年没有联系了。"曾哥把口气转为轻松地看着我说。曾哥说，那一年是他最失意的一年，也是他人生转折的一年。那一年他遇到推广培训课程的朋友，推荐他去参加一个很棒的"魔鬼训练"课程，是一个国际大师所教授的，培训完毕人生会有崭新的一面。曾哥想，新的工作还没找到，既然是到高尔夫球度假村培训，索性当度假放松心情。"魔鬼训练"，我睁大了眼看着曾哥，他不理我的表情有多惊讶，继续说下去。听完这句话，我才知道他想传递给我的核心思想是这句话："跌倒不可怕，可怕的是跌倒了连站起来的勇气都没有。"曾哥说，这句话是当时参加培训时，台上的课程引导师说的，他把这句话转送给我。

在看完《心想事成》这本书后，听到这句话我确实是有想要站起来的想法。我对于曾哥说的"魔鬼训练"产生了好奇，我没有打断他，继续听他说下去。曾哥说，培训课程结束后，整个人确实被充足了电，让他的青春重启战斗模式，他信心十足地找下一个工作。他对于"魔鬼训练"的部分内容很有共鸣，经他内化后带到新的工作岗位，起了很大的作用。做过企业内部潜能激发的曾哥，说起这些人经过培训后，个个都精神饱满、战无不胜。

我起了想成为"魔鬼"的念头，问他哪里有"魔鬼训练"的课程。曾哥呵呵大笑地说，没有什么"魔鬼训练"培训啦！那是一些人用来形容被培训后，个个都充满正能量地回到工作岗位，很有激情地达成公司的指标。我还没听完就接着问："那是不是能赚很多钱？"曾哥的爽朗的笑声加上招牌兔宝宝牙又出现了，他告诉我公司有业绩，销售人员当然会赚到钱。看得出来他在这个岗位很有成就感。我不假思索地问曾哥，我也想要赚很多钱，想去参加"魔鬼训练"的课程。当时曾哥还在纠正我，我不加理会，就这样你一言我一语，他让我打电话到104查号台问电话，要我自己去报名。到现在我仍不知道曾哥当初怎么想的，直接告诉我电话不就得了，而我还是去做了。我主动问到了电话，并报名上课。我上了世界知名的潜能激发大师博恩·崔西的"火凤凰和巅峰销售心理学"视频课程。上完后，我确实是感觉生命里注入了新力量、新希望！

那一次课程后不久我搬家了，回新的住处时常会经过书店。我开始逛书店，开始买书，爱上阅读。之后，我又主动参加另一个潜能激发的课程。一个机缘巧合下，我认识了外商公司的王经理，他邀请我参加公司的招聘会议。两天的新人培训，所有学习到的内容都很新鲜，我从来没有学习过。培训内容里让我印象最深刻的是，"可以内部创业，做到经理就相当于是中小企业的老板，也就是一名企业家"。

"内部创业，企业家！"这不是我中学立志要成为的人吗？于是我加入了这家公司，从基层销售做起。由于大伯对我的误解和指责，我不敢销售给亲戚朋友，我决定要洗刷大伯对我的误解，我决定要用成绩来证明给大伯看。我很努力地参加公司培训，很认真做笔记，即使在台北没有人脉，从陌生开发开始也一点儿都不害怕。我过去的两份销售工作的经验让我在陌生开发上打下了基础，再加上把不久前所参加的销售技能培训知识也应用进来，顿时之间增加了很多武器，我信心大增。我只要学到新的技能就立刻去执行，也很喜欢这份可以学以致用的销售工作，我开始崭露头角。踏入营销领域让我感到很有精神、很有希望，工作指标犹如心中的一座灯塔为我导航着，我朝中学的目标——企业家迈进！

最失落的那一年，陆续在我生命中出现的那些人，有些像是电影里的路人甲般陌生，有些像是亲人般熟悉，有些像是啦啦队队长般给予我鼓励，有些是默默地支持着我，他们在我的生命中起到了关键作用。每当夜阑人静时，我总会想起这些帮助过我的人，他们让我有勇气走下去，我内心是满满的感激。回首青春，发现青春酝酿出来的昨日风情最美。当时那些压得让人喘不过气的事，确实难熬，看似过不去的关卡，最终度过了，会让你感到骄傲，你用青春淬炼出超乎常人的能力。

还记得曾哥在咖啡厅里说了这段话：当事过境迁，只要你细细回想，你会发觉，把那些难以咽下的生涩苦果一层层剥开，里头藏着甘甜和美味。现在说都还太早，你经历过就能明白，世界是温暖而有爱的，你会发现爱我们的人比你想象的多得多。错误并没有把你推向悬崖。你要庆幸，在青春遇到磨难，别人一生会遇到的磨难你提前遇上了。你要振作，这是你的人生低谷，都跌到地狱了，还能跌到哪里去？没有空间了，剩下的空间就是往上，这是你人生的转折，再勇敢一点儿，勇敢地弹跳上来。你永远要记得，人生无论遇到什么困难，都不要轻易放弃。上天或许在测试你的决心，或许在锻炼你的心智，或许在精选一位影响世界的伟人。无论你现在遇到什么样的挑战，你要相信，上天会在转弯处为你准备一份生命的礼物。

这个时候我想起了忆华，我打算带着生命的礼物和她联系，继续用青春酝酿下一个昨日风情。回到家，我来回踱步，练习了好几次忆华接起电话时，我要说些什么。连语气、声音和表情都不断练习，是要兴奋？还是淡定？还是淡淡的哀愁？还是深深的思念？还是……哎呀！不管了，打就是了。电话通了，我的心越跳越快，接通后我要说些什么？忆华接起后立刻哭了出来，哽咽着说："你心里还有我这个姐姐。"我愣住了，这个桥段没有彩排，当时不知道该说些什么，呼吸都还没练习顺畅，我准备换气，要把练习好几次的话说出来。忆华接下来问我在哪里，我把憋在胸口的气吐出来，告诉她在台北，她吓一跳问我怎么会在台北。我说电话里说不清楚，我们见面说吧。还好忆华这么问，让我有话接下去。

忆华约在我们第一次吃芒果冰的地方，那是我们青春节约的地方，也是最难忘的地方。一盘冰两个人吃，店门口买一根玉米掰成两段两个人吃，每一次都掰不准，永远一边大一边小，忆华每一次都把大的让给我。每每想到这里我心里总是紧紧的，很明显地感受到呼吸都集中在胸口，我感受到那份纯洁温暖的青春。我提早到了，站在芒果冰店门口等忆华，看着熟悉的店面，想起过去在这里写青春日记的一幕幕：卖玉米的阿姨依然在，黄澄澄的玉米被排列整齐地放在器皿里。我走向前买了一根玉米，只买一根，不是吃不起，而是我回味把一根玉米掰成两段两个人吃的青春。忆华在马路对面看到我，大声喊，不管左右来车向我冲了过来。我们相拥而泣，一切尽在不言中。

我们依然点芒果冰，她和老板点了一盘，彼此相望会心一笑。老板送上来一盘，上面永远会有两把汤匙。在冰店里，忆华不断擦两颊的泪水，听我说那次她从我家大门走出去后，发生的一连串让人连呼吸都会痛的事。忆华伤心自责，她不该丢下我负气转身，我安慰她，她的转身是我的成长，上天在转弯处为我准备生命的礼物。我有了新的工作，很正能量的工作环境，可以学到很多东西，有清晰的目标引领着我。忆华听了放心许多，仅是许多，她担心我有了钱又不安分，再次叮咛我，下次不要轻易地把钱借出去或委托出去。支票就是付款人的即期票据，如果支票上没有指定收票方，任何人收到支票轧进银行，我都要去兑现。不去兑现造成跳票，就是我的信用出现瑕疵，我好不容易在银行培养出来的信用质量，不能过度信任朋友而伤害了自己用时间和能力积累出来的个人信用。AJ的事情她仍耿耿于怀，和我强调再强调，感情和财务管理必须分开看待。我笑着回答，知道了，我耳朵都快长茧子了。我低头从包里拿出了黄澄澄的玉米，忆华接过去，熟悉的动作，掰成两段两人吃，她还是把大的让给我。以前我曾经试图将大的给她，她说不要改变她让给我的习惯，这是她对我的说不出来的亲情的关爱，之后我从未去改变，就让这份没有血缘关系的爱继续存在。

吃着手上黄澄澄的玉米，翻着斑斓的青春日记，坐在我面前的忆华语重心长地和我说这些。我能够理解，不再去反驳她，我知道她是真正关心我的青春闺蜜。在冰店道别后，我们常有联系。不久，忆华又接到我的电话，我兴奋地告诉她车子找到了，我接到了中坜分局的电话，警察先生一开始问了我几句话我才反应过来，车子在桃园县政府前面不远的空地被找到，车子已到了中坜分局，要我去中坜分局一趟。忆华随即说要陪我一起去。我和保险公司的理赔专员约好一起到中坜分局，所有的记录都完成了，不到一周，保险公司给我做了理赔，也还清了银行车贷。车子被当街抢走的事情，让忙碌的工作替代了，原来我是借由忙碌来麻痹自己，不去想伤心往事。这个事情结案了，我看见另一道曙光照亮青春。

忆华姐姐的叮咛又出来了，她知道我独自一人在台北，提醒我平常要有警觉性，对风险要有更深刻的认识。我已经习惯她的叮咛，我们的性格有些反差，她顾及的面一向是我欠缺的地方，我爱冒险的精神在她身上比较少出现。无论差异有多大，我们彼此都互相欣赏。渐渐地，我在守成方面的进步让她放心不少。

忆华知道我在繁忙的工作中，有时还是要出庭。叶秀锦面对这些控诉她诈欺的债权人，不愿意承担责任，当庭告诉检察官她无力偿还。律师事务所工作的朋友告诉我她在耍无赖，当庭说无力偿还，又加上有那么多债权人，已经没有什么机会了。爸爸被骗走的钱还是没有要回来，我从律师事务所处得知叶秀锦受到了法律制裁，被判刑入狱。我告诉忆华这个坏消息中的好消息，坏消息是钱还是没有要回来，好消息是上天自有公平正义，叶秀锦这种恶人受到了法律制裁，被判刑入狱。忆华知道我这一年吃了不少苦头，从中也学会了警惕，没再多说我“引狼入室”的事，倒是对我仍未获得大伯的谅解一事很在意。我告诉她，我没有放弃，仍会为着那一天的到来继续努力。

愿你的青春不迷茫

和忆华通完电话，我又马不停蹄地进行我的销售工作。我忙碌了好几个星期，打算星期日给自己来个放松。我拉开窗帘，懒洋洋地靠在椅子上，拿了两本刚买的书，才翻开其中一本，电话声就响了。“小雅的号码，好久没有她的消息了，怎么会想起打给我？”响了几声后我才接起来。寒暄了几句，小雅告诉我她找到工作了。我眼球转了几圈，在想这是什么情况。工作？我缓缓地问：“你找到工作了？！”

“对呀！我找到工作了！”小雅用她那嗲死人不偿命的声音说着。她的声音差点堵住我的呼吸，她那甜蜜到快让人窒息的笑容飘进我脑海，嗲嗲的声音从电话那端传过来，“你下午有事吗？没事的话，我们到上次我们最后一次见面的那家西餐厅喝咖啡。”这个电话来得太突然，消息也太突然，要见面也太突然，打乱我的放松节奏。我思索了一下，回答小雅，我调整一下手上的事情，我们约稍微晚一点儿在那家餐厅见。小雅开心地挂掉电话，听得出来她期待要和我见面，要和我分享些什么。我丝毫没有拒绝的想法，就是感到太突然了，反应有些慢半拍。自从搬离刚到台北租的那间小房间，我们就没有再联系，也没有见面，倒是有几次脑海中飘过她美丽的倩影和甜蜜到快让人窒息的笑容。曾有几次我为她感到深深的惋惜，意外地接到她的来电，我没有拒绝见面，确实是想知道她过得好不好。

我再次来到这家西餐厅，坐在熟悉的靠窗位子。我提早到了，通常和朋友约会，没有意外的话我习惯早到。小雅到了，那个甜蜜到快让人窒息的笑容又出现在我眼前，大波浪卷的长发成了直发，浓密到不行的睫毛看过去像少了好几层。五官立体的她，淡淡着妆让人看过去都会印象深刻，现在没有浓妆艳抹的她依然很美，还原青春的美。

小雅坐下来，我还没说话，连问候都还没有，她先说了。她说："我回归正常生活，做我自己了。"我震惊了，我语塞到接不上话，不知道我内心想的对不对。小雅笑着说，我搬家之前和她说的话，她一直放在了心上，以致几个月后，她做了连自己都不敢相信的这般有勇气的决定。"错误并没有把你推向悬崖，放下是给自己一个不悔青春"，这句话是我从曾哥那里听来的。在我振作起来打算重新出发并准备搬家时，听到了小雅那让人又爱又怜的故事，我一时意气地和她说，有那么好的条件，不要把你谜样的青春放错位置。

我刚搬到台北不久，到屈臣氏补充生活用品时邂逅了小雅。我没精打采地看着架上的商品，小雅善意地走过来问了问我："你也喜欢这个品牌吗？我也蛮喜欢的。"当时她嗲嗲的声音让我差点窒息，加上我伤痕累累刚到台北，对一个陌生人自然有所防备，便很敷衍地回答她。接下来几次我下楼买盒饭或买报纸找工作都会遇到小雅，她总是会露出甜蜜得让人窒息的笑容和我打招呼，渐渐地我们就成了有点熟悉的陌生人。我愿意和小雅多讲话是在看完《心想事成》这本书后。这本书让我感到有些魔力，眼里看到的世界都很美丽。一天下午我神清气爽地下楼，再次见到她那如蜜糖般的笑容，她这次还抱着博美狗。之后我们常见面，就很自然地聊起来，后来她还邀请我去她家坐坐。她说，她老公出差，家里只有她和小狗，一个人挺无聊的，有空一起喝咖啡。渐渐地我没有像一开始那般提防她了，彼此成了朋友，越来越熟悉后到她家坐了几次。我对她不像是熟识多年的朋友什么都能说，最多只说之前做区域性市场销售，总公司在台北，时常到台北开会。当时业绩做得红红火火，公司却无预警结束营业，我失业了，这件事情给我很大的打击，我处于低潮很压抑，再低潮再压抑日子还是要过，还是要生活。于是我在朋友鼓励下振作起来，独自一人离开家乡上台北找工作，准备重新开始。

小雅说，她也是离乡背井，独自一人在台北。她到台北不久后，在朋友餐厅认识了她老公，然后就住到这里了。她老公不要她去上班，她也因此没有朋友，只有小狗做伴，日子越过越无聊。我问她想不想上班。原来她想上班，又说没有一技之长，之前只卖过服饰，在台北不知道可以做什么。小雅欲言又止，没再说下去，我没再问。或许她和我一样是选择性聊聊过往经历。我识趣地转移话题，问问有关小狗的事。没想到一问，把小雅眼眶问红了，场面有点儿尴尬。小雅摸着靠在她身边的博美狗说，这是她前男友送她的生日礼物。她和前男友分开后，就一直把小狗养在身边，她看着窗外说起她的伤心往事。

小雅毕业后，在家里的帮忙下开了一间服饰店，在热闹的桃园市区有间小小的店铺。店里进的款式很独特，模特儿身上的穿搭很出色，生意做得有声有色，光顾的客人和她一样懂得装扮。她的青春得到彻底绽放。她有一个青梅竹马的男朋友，男朋友大她几岁，从年少到青春一起牵手走过，从家人反对到家人同意，从天天热恋到两地相恋。一天，男朋友接到服兵役的通知单，抽签抽中要到外岛服役，去金门当兵。令人崩溃的消息传进小雅的耳里，无奈哭肿了双眼也不能改变他要到外岛服役的事实，难分难舍的恋人终究还是要面临暂时的离别。小雅目送男友上火车那一刻，心都快要碎了。听着火车的鸣笛声无情地响着，催促着十指紧扣的爱情必须松开，再依依不舍也拦不住缓缓前进的火车。火车速度越来越快，男友趴在窗前伸出窗外和小雅紧握的双手被抓得发红，火车越来越快，男友不得不放开发红的双手。小雅在月台上小跑步跟着车前进，哭成了泪人儿。她站在月台上泪眼婆娑地看着那扇窗里的爱情，随着消失在眼前的火车远去。男友上火车前，小雅握着他的手说，她会记得彼此的承诺，绝对不会和其他当兵的恋人一样“兵变”。小雅答应男友等他退伍，等男友事业有成，为他披上美丽的婚纱，做他最美的新娘。

思念随着时间一天一天过，写信是他们一解相思最好的方式，小雅计算着男友退伍的日子。这是怀抱青春爱情的等待，等待放假回来短短几天的相聚。距离没有把他们的恋情拉远，反而让小雅更加珍惜相隔两地的爱情。终于等到男友放假回来，怎知相处不到半天，他却给小雅带来一个震惊的消息。男友在金门数馒头的日子很无聊，被其他人邀去赌博消遣，结果欠下了赌债。男友和小雅说，对方放下狠话，如果这次回去没有还清赌债，就让他往后的日子不好过。男友害怕不敢和家人说，唯一能说的是小雅。小雅不高兴但也不能眼看男友回去日子不好过，拿出一笔钱给男友还掉赌债。小雅要男友答应不再去碰赌，男友也信誓旦旦地答应了小雅。

短暂的假期很快结束，小雅再次目送男友上火车。火车鸣笛声依旧，这一次小雅虽然没有哭碎心肺，但这份青春爱情依然难分难舍。男友还是趴在窗前将双手伸出窗外和小雅紧握，直到火车缓缓加速才不得不松开。小雅依然站在月台泪眼婆娑地看着那扇窗里的爱情随着火车慢慢远去。

终于等到男友再次放假回来，他一起带来的还有两个消息，一个是男友可以回到岛内当兵，一个是他需要钱。男友说，他去还钱时被逼着又一起消磨时间，没想到会又一次欠下了债务。男友告诉小雅，他回岛内当兵就不会那么无聊，就不会再和他们赌了。他也不能再碰了，因为让部队知道了会不得了。男友提醒小雅不可以和他父母说，他让小雅给他一笔钱还赌债，两人大吵一场。在男友的赔罪和安抚下，最后小雅又给了他一笔钱去还赌债。只是这次小雅目送男友上火车时，火车鸣笛声虽然依然为所有旅客响起，但没了哭碎心肺，没有难分难舍，男友也没有趴在窗前将双手伸出窗外紧握小雅的手，这次他们在月台拥抱道别，小雅站在月台上看着车厢里迷茫的爱情，随着渐渐远去的火车消失在眼前。

男友回到岛内当兵了，最开心的是男友，喜忧参半的是小雅。自上次送别男友后，小雅偶然间看到一部电视剧，剧情里好赌成性的人物让她害怕。看到染赌的人只会无法自拔，她开始担心男友会不会好赌成瘾，她担心两人有没有未来，而她是那么期待有未来。

男友回到岛内后变本加厉，欠下的赌债越来越多，两人争吵已经是家常便饭。争吵过后，男友会再来哄一哄小雅，道歉认错，告诉小雅自己一定不会再犯。小雅放不下这段青梅竹马的爱情，男友却一错再错，灰心的小雅决定提出分手。男友差点跪下来求她，小雅最终还是心软了，不但给他机会还帮他还债务，连采购衣服的成本都支了出去，一还再还，没完没了，最终还赔上了店面。小雅看不见未来，毅然决然提出分手。男友不愿放手，最终小雅答应帮男友背下部分债务，男友这才放手。家人对她无法谅解，小雅感到愧对父母，只好离开桃园来到台北。

小雅黯然神伤了很久，不再相信爱情。在疗伤的这段时间，她先到朋友的餐厅短暂帮忙。有一天，小雅的世界有了转变，她遇见了“爱情”。

K是这家餐厅的常客，第一次在这家餐厅见到小雅，K就对小雅一见倾心。即使过往伤痕还在，小雅那甜蜜到快让人窒息的笑容仍挂在脸上，她的笑容连女神都敬畏三分，男神不拜倒在石榴裙下也很难。K常来店里用餐，小雅觉得K一表人才，散发出事业有成的男人魅力，加上K是店里的常客，双方渐渐地熟悉起来。一天雨下得很大，小雅下班在餐厅楼下等待雨停。K见到小雅，起意要送小雅回家，小雅看雨下个不停，便答应了。之后，K便时常制造机会送小雅回家，后来是接送小雅上下班。她本就对K不反感，这样一接一送后，擦出爱情的火花，两人悄悄地走到一块儿。两人走到一块儿不久，餐厅朋友知道了这件事情，告诉小雅K是有家庭的，K的老婆不好惹，最好离他远一点儿。听了朋友的告诫，小雅理智地想止住这段感情。但K的持续出现让小雅止不住对事业成功的男人的依恋，还是听不进去朋友的告诫，终究和K走到了一起。于是，小雅住进了K在屈臣氏这里给她找的房子，成了名正言顺的第三者。

对于这种不见天日的爱情，小雅过得很压抑，要见一面那么难，出去那么不自在，唯有出国才能大胆地走在异国的街道上。她的圈子越来越小，生活的重心只有K，生活费都等着K提供给她。

有一天小雅走在婚纱街，看着橱窗模特儿身上的婚纱礼服、挂在橱窗的一张张甜蜜幸福的照片，泪水模糊了她的双眼。她曾经梦想前男友为她披上美丽的婚纱，做他最美的新娘，却和前男友分手了，现在还成了小三，成了永远没有机会穿上美丽婚纱步入礼堂的小三。她回到家，守着空荡荡的房子忍不住泪如雨下。几天后，她鼓起勇气和餐厅朋友谈了一直回避的事。朋友劝她放掉这段情，说她和K不会有结果。她想放弃又很挣扎，放与不放都很难。

我看出了小雅的迷茫，很想说她傻却又说不出口。我低头沉思一会儿，许多人的青春不是也很迷茫、很傻吗？只不过是不同的迷茫，傻在不同的地方。我们彼此沉默不语，静静地坐着。看到窗外已是薄暮时分，我收起了感性的怜惜，看着小雅对她说："我懂你的执着，曾经爱过就好，错误并没有把你推向悬崖，放下是给自己一个不悔青春。"

我离开她家时，鼓励小雅出去走走，给自己放松一下，心情好了容易听到内心真正的声音。不久我就搬家了，本想过两天去看看她，但隔天收到她给我的信息，她在宽阔的草原上看着蓝天，踩着绿地。

事隔几个月，当面听到她回归正常生活，做回了自己，还找到了工作，做她最熟悉的服饰行业，在一家知名品牌服饰店工作，我很开心。她开心地说，她给自己定下一个小目标，五年后开一家知名品牌服饰店。现在她天天都起得很早，不再像之前都搞不清楚睡醒后是上午还是下午，往往是看了时间才知道起床时到底是什么时辰。她喜欢现在的工作，每天可以把自己装扮得美美的上班，每天可以和漂亮的衣服为伍，每天可以为客人穿搭好看的衣服，帮客人做最好看的造型。她感到很有成就感，做自己喜欢的事情，工作到再晚都不觉得累。

她还是期待可以遇到让她心动的青春爱情。她相信，上天正在转弯处为她准备一份生命的礼物，她会在“转弯处”等待，等待这份让她披上美丽婚纱步入礼堂做最美的新娘的礼物。小雅还笑着说，她领悟到感情和财务是两个课题，对她来说在感情上要毕业得加把劲。她对财务知识还是很迷茫，不过她会努力不在同一个地方跌倒，即使财务知识没有一百分，也不会让自己不及格。小雅这么说，我听了都笑了。小雅的不悔青春让我深深地体会到，正能量的感染力是如此强大，好消息会接二连三前来报到！

生命的礼物往往来自讨厌的事。

——林依晨

Part 3

所谓的困难，不过是你思维受限

当对方把遇到的挫折说给你听，说不定你的答案就在别人的青春里。往后，无论晴天或雨天，无论工作卡不卡壳，我们时间方便就会晒一晒初衷，晒一晒梦想。

跟优秀的人在一起，才能成为更优秀的人

晨曦洒在早起的人们的脸庞，微笑地向人们拉开一天的帷幕。我踏着青春的节奏快步进入办公室，看到同事们各个充满朝气。我们互道早安后，随着晨会音乐井然有序地进入会议室。我很喜欢公司的晨会，一早就提振大家的精神，让所有人斗志昂扬；再加上每天有各区同事的成功案例分享，从中可以学习到开发客户和缔结的技能。我可说是每天都在充电，每天都在进步，深深地发现外企的销售工作和过去的区经销是完全不同的。过去的区经销的工作完全靠自己单打独斗，自己摸索和总结，适者生存，不适者淘汰；外企是团队合作，既能教学相长，又能彼此切磋，公司是有系统地培养人才的。

在这里我认识了来自四面八方的朋友，这些人到了竞争激烈的台北市，不约而同地加入同一家公司，认可企业文化和销售体系的搭建，接受系统化的培训，有志一同成为有荣誉感及有目标感的团

队。不同的过去，不同的梦想，有人为成为“企业家”而来，有人为赚钱买房而来，有人为了生活而来。无论大家是奔着什么而来，在这个高强度的工作环境里，只要敢想敢要必能让青春怒放。

新的工作让我忘却了青春的磨难，新的目标取代了不愉快的经历。我就像赛马一样，聚焦在正确的跑道上，每天只做跟目标有关的事。在高手云集的单位里，我很佩服王经理和刘经理，这两位经理是经理组竞赛第一、二名的常客，常常上演冠军争夺赛，实力可说是旗鼓相当。平常他们和同事打成一片，亲和力十足，不摆架子。还令人津津乐道的是，他们都很乐于指导新人，业务竞赛时，总是心无旁骛地全心投入工作，待人处事和傲人的业绩吸引了我这个刚加入不久的新血液。王经理是我的直属领导，而刘经理是同一个办公室隔壁单位的领导。两位经理的销售风格各有千秋，王经理开发的是陌生市场路线，刘经理开发的是熟客市场路线。在我看来，理论上销售是与人打交道，没有太大的差异才是，经过和二位经理学习后，我才知道两者的策略不同。

王经理的策略是陌生开发时，初期先以中小客户为主，在做客户服务的同时，会请客户转为介绍，立足于机构及客户的朋友圈。他定期办客户服务讲座，有软性主题和理财专业主题，请老客户带新朋友一起参加。新朋友成了王经理重要的准客户资源，讲座主题主要是围绕大环境的热门话题，有规律性地举办这类讲座让他的业绩持续保持在榜上。在单位里，大领导也会举办一些客户活动，帮助各区拓展团队。每次这些活动都让我耳目一新，即能打开视野又能团队联谊。做销售工作要靠自己开发客户，每个人的人脉资源不同，能开创出不同的开发模式。王经理说，他初来乍到，刚到台北，加入这家公司做销售时，也有点不知所措。不同于其他同事，他们可以从自己的朋友圈开始，对于一个从南部到北部怀揣着梦想的人，没有人脉要做销售是一件很不容易的事，很多人不看好他。王经理秉着不服输的性格，从陌生开发做起，一路摸石子过河取得了今天这般辉煌的成就。他知道新人资源不成熟，有的和他一样没有人脉资源，他希望能够帮助和他一样从外地到台北打拼的年轻人，让有梦想的年轻人少走弯路。少走弯路就是近路。王经理很坚定地说，定期办讲座这一条路，一开始不会立竿见影，但这一条路是可以走得远的一条路。就好比挖池塘一样，把池塘挖深挖大，日后只要养成持续在池塘里放小鱼苗的习惯，持续提供养分让它们长大，它们就是你业绩的保证。由此看得出来王经理对经营团队很投入。王经理还说，如果把打工当事业经营，那么你的成就是事业有成，就是名副其实的“内部创业的企业家”。

王经理的拼搏精神是我学习的目标，我要把邀约新客户的基本工作做好，有准客户才有机会成交客户，才会有业绩，也才有机会站在台上接受表扬。王经理说，销售是一个边做边学的工作，只要肯付出就有收获。我很幸运可以向时常夺得经理组第一名的领导学习，我看着业绩排行榜，上面虽然还没有我的名字，但我默默地自许，强将手下无弱兵，我要成为新人组的第一名。

一天傍晚，我在办公室低着头思考怎样开发新客户，是继续进行电话陌生开发，还是从前两次参加培训课程的同学中邀约？正在这时，刘经理拜访完客户进办公室，他看到我像是要加班的节奏，问了我一声：“今天星期五，你也加班吗？”办公室里没有几个人，听到有个声音特别响，我抬头一看，原来是刘经理。他平常早会结束外出后就很少进来，直到第二天早上才会进办公室，自从加入外企后，我很少在傍晚遇见他。我笑着回答他：“是啊！好难得在这个时间遇到你，刘经理。”刘经理性格粗犷直率不拘小节，边走边说：“我在新人排行榜上看到你了，很厉害啊！刚进来就上榜，王经理可有福气了，招了一个那么勤奋的小青年。”当时我听刘经理这么一夸，有点儿脸红，让大牌经理夸了，心里确实挺开心的。刘经理拿着水杯路过我面前，爽朗地和我闲聊了几句。他听说我是“台北新鲜人”，正在从陌生开发做起，他很佩服做陌生市场的。我看着他也说：“我很佩服做熟客市场的，有熟客开发真好。”刘经理呵呵大笑说他是没有能力才做熟人朋友圈的。听他这样说，我还真不知道该怎么接下去，只有用微笑看着他。他笑着拿水杯去加水。我心想接不下去，索性请教他，难得在办公室看见刘经理有空闲，我得抓住机会好好请教他是如何开发客户的。

我带着笔记本虚心地向刘经理请教，他随即放下手上的工作很专注地沏茶，一会儿递给我一杯台湾高山乌龙茶。又见清新的茶汤，我轻轻啜饮一口，好熟悉的花香，让我渐渐放松原本紧绷的神经。从刘经理手中接过这么不容易得到的高山乌龙茶，他把温度控制得很恰当，让茶汤的色味和花香的茶韵释放出来，从小处可看到刘经理不拘小节，做事却很细腻的性格。他说他每周五傍晚会进办公室做下周的工作计划，把月初定的指标仔细再审视一次，指标中成交了哪些客户，是不是按照原来定的策略进行。无论是与不是都要审视，如果是，策略奏效，下次可以继续使用；如果不是，是什么原因造成的，必须要找出来。做销售要灵活，往往计划赶不上变化，所以不能一成不变。听到关键处，我赶紧问刘经理，如果计划赶不上变化要怎么应变？刘经理爽朗的笑声又出现了，他说，原来的A计划没有派上用场，他会启动B计划，也就是要拜访B计划的客户。B计划的客户不如A计划的成熟，所以拜访的时候要特别注意客户的需求和预算。刘经理补充了一句，平常销售节奏很快，不能只有一套计划，万一计划生变，会乱了作战方针，心情也会大受影响。做销售分秒必争，怎么能输在情绪上？随时要注意自己的状态，有好心情才会有好状态。

我做了笔记，准备两套计划，A计划和B计划；随时注意自己的状态，有好心情才会有好状态。刘经理看我对于学习的欲望那么强烈，继续侃侃而谈他的销售策略。虽然他做的是熟客市场，但找对客户很重要，他着重于从“客户量”提升为“客户质”，质的变化来自于从优质的中小客户中培养出大客户来。客户量的积累需要时间，也需要提升自我的专业素质。他已将每天开发客户的大量工作时间做了一些调整，他会用七成时间和客户见面，三成时间学习。一个人谈大单时，要有足够的专业素养以及能力去了解客户的心里在想些什么，这是销售环节中最难的。他每个月真正和客户坐下来谈单都不到十次。他的成交率要在六成，如果再好一点儿会靠近七成。

听完他的话，我当时就惊呆了，六到七成的成交率是多么惊人啊！刘经理继续说：“有很多人只知道和我坐下来谈单的不到十个客户，夸我成交率高，实际上，我在谈单之前，我接触的不止这十个客户，花费的时间和精力远远大于人们看到的。销售就像是鸭子划水，奋力划的时候没人看见，大家只看见露出水面的部分。还有，有时候和你关系熟的不见得会立刻成为你的客户。你要会听、会观察，就像我在沏茶时，你观察我在控制水的温度一样。你喝之前会观察茶色，喝下去会品茶韵。”听刘经理这样说，我有点儿不好意思地笑了，有点儿心虚。事实上我不通茶经，仅是听刘阿姨说过一些茶道。刘经理继续说：“从这一点可以看出你的观察力强过一般销售。你是‘台北新鲜人’，刚到公司就能上新人榜，表示你不是只靠运气，你有实力在里边儿。做销售不能天天靠运气，哪有那么多死耗子让瞎猫碰？”听刘经理这么一说，我脑中闪过一个念头，原来刘经理也在观察我。正确地说，刘经理的观察力早已达到专业水准了。

刘经理又发出爽朗的笑声，说观察力这种东西后天可以学习，也有些人是与生俱来的。说与生俱来太玄乎了，不如说是成长环境造就的。刘经理毫不避讳地说出他小时候的经历。刘经理从小家境不好，家里务农，他身为长子又要带四五个弟弟妹妹，平时除了农田采收要帮忙外，还要完成学业、照顾弟弟妹妹并做晚饭给他们吃。一点小事情没有做好就会遭到爸爸妈妈责备，或挨一顿打。他说这样的成长环境造就了他敏锐的观察力，懂得察言观色才能免于挨打。我回想自己的成长环境，不免自问，我的观察力也是在家境拮据下练就的吗？刘经理青春时还遭遇过一段逆境，他曾经也是“台北新鲜人”。为了改善家境，只身到台北工作，在餐厅打工，受人欺负。照理来说，餐厅工作不愁没饭吃，他却三餐吃不饱。有一次他肚子饿到半夜爬起来到宿舍隔壁的餐厅找食物吃，让师傅发现毒打了一顿。师傅边打边骂他，在餐厅偷东西吃是大忌，他还敢犯大忌。他被毒打之后，将近一个星期无法工作，趴在宿舍床上，那几天也是他自到餐厅工作以来唯一吃饱的日子。那次之后他痛定思痛，以后再也不要因为肚子饿去偷东西吃，因为他决定不让自己有肚子饿的那一天。他还告诉自己，只要他有能力，他一定会帮助到台北拼搏的年轻人。

听了刘经理那段逆境的青春故事，原来拼搏过来的人都同样有一段逆境，只是用不同的背景故事诠释那段青春。

刘经理一脸平静地说着过往的故事，他深信，“上天拿走你一样东西，会补给你一样更好的”。刘经理离开餐厅后就去找销售工作，拼搏了五年后在寸土寸金的台北买了房，还买了车。如今他成家立业又是大牌经理，是不少拼搏的年轻人的青春典范。刘经理的脸上总是堆满了笑容，他整理茶几上的茶杯准备结束聊天，最后他说：“销售是一连串的顾客心理学，很有意思。我们今天先聊到这儿。不要着急，销售是边做边学，你先积累客户资源，才有客户做AB计划。我去检视我的工作计划，你有问题可以随时来找我。”

这是我第一次从刘经理那儿获得宝贵的经验。我回到座位用愉悦的心情在笔记上写：“台北新鲜人，加油！”我很幸运加入外企不久就得到两位大牌经理的提携，他们的金玉良言让我醍醐灌顶。我翻了翻写得满满的笔记本，想着这两位经理一刚一柔，都拥有鲜明的人格魅力，难怪会各有一群忠实的客户在支持着他们。他们在经营自己事业的过程中，无论是用了什么样的策略，最终都是殊途同归。

永远保持学习的心态

一天晨会，王经理说了一个在网络流传的《卖梳子给和尚》的故事。

有一家营运得相当好的大公司，为扩大经营规模，决定高薪招聘业务主管。广告一打出来，报名者云集。

面对众多应聘者，招聘主管说：“相马不如赛马，为了能选拔出高素质的人才，我们出一道实践性的试题，就是想办法把木梳卖给和尚。”

绝大多数应聘者都感到困惑不解，甚至愤怒：出家人要木梳何用？这不明摆着拿人开玩笑吗？于是他们纷纷拂袖而去，最后只剩下三个应聘者：甲、乙和丙。

主管交代：“以十日为限，届时向我汇报销售成果。”

十天一到。

主管问甲：“卖出多少把？”

甲答：“一把。”

“怎么卖的？”

甲讲述了历尽的辛苦，游说和尚应当买把梳子，无甚效果，还惨遭和尚的责骂，好在下山途中遇到一个小和尚一边晒太阳，一边使劲挠着头皮。甲灵机一动，递上木梳，小和尚用后满心欢喜，于是买下一把。

主管问乙：“卖出多少把？”

乙答：“十把。”

“怎么卖的？”

乙说他去了一座名山古寺，由于山高风大，进香者的头发都被吹乱了。他找到寺院的住持说：“蓬头垢面是对佛的不敬。应在每座庙的香案前放把木梳，供善男信女梳理鬓发。”

住持采纳了他的建议。那山有十座庙，于是买下了十把木梳。

主管问丙：“卖出多少把？”

丙答：“一千把。”

主管惊问：“怎么卖的？”

丙说他到一个颇具盛名、香火极旺的深山宝刹，朝圣者、施主络绎不绝。丙对住持说：“凡来进香参观者，多有一颗虔诚之心，宝刹应有所回赠，以做纪念，保佑其平安吉祥，鼓励其多做善事。我有一批木梳，您的书法超群，可刻上‘积善梳’三个字，便可做赠品。”

住持大喜，立即买下一千把木梳。得到“积善梳”的施主与香客也很是高兴，一传十、十传百，朝圣者更多，香火更旺。

故事讲完，王经理做了个总结说，把木梳卖给和尚，听起来有些匪夷所思，却有人在别人认为不可能的市场开发到新的客户，那才是真正的销售高手。只要你用不同的眼光看世界，拆掉思维里的围墙，你将会看到意想不到的结果。这就是陌生开发的好处，永远有意想不到的市场等着你去挖掘。台下有些人窃窃私语地说，这个故事不知道听了多少遍了。

听到旁边的人私下交头接耳，我没有搭腔。其实这个故事我也听了很多遍，我仍用认真的态度去听这个故事。我认为一位时常得第一名的经理，不需要随便搪塞一个故事打发晨会的时间，我相信他别有用心，希望我们再一次从故事中听到另一个市场。刚听完我完全没有领悟到有什么新市场可以挖掘，我重复看笔记本上的笔记，看到最后写的这几个字："书法超群、积善梳"。我停顿看了一会儿，这几个字启发了我，我可以去重拾几乎要遗忘的兴趣，学习书法，去报书法班。小学在课堂上，老师每次批改我的书法时总会带上一句话："你的字可以去学习一下，勤加练习会进步很快。"小时候家里环境不允许，只有在课堂上学习，当时听完只能放在心里，没想到王经理的这个故事让我想到一个新市场，可以从学习书法的课堂上建立人脉。我在头脑里想象，有闲情雅致会去学习书法的人，估计是有钱有闲的人，这里可能可以开发出大客户。

我兴致勃勃地去报了书法研习班，果真参加书法班的同学都是叔叔伯伯级别的，我是班上年纪最小的。有一位看起来很年轻的李爷爷还叫我小丫头，他说我都可以当他孙女了。我不置可否，跟着大家呵呵地笑。我们的老师是位退休语文老师，王老师对书法特别钟情，他早年参加书法比赛多次获得过冠、亚军等荣誉。一起上课时，我没有这些资深同学深厚的书法底蕴，我可以在老师讲解完毕后，随着大家一起练习，在宣纸上写上几个大字。几次课程下来，我比起第一天进步很多，能重拾孩童的兴趣让我很满足。我是班上最受照顾的一个，因为我年纪最小，老师每次看我很投入地练习，总是会给我多指导一番。其他写得比较好的叔叔伯伯也会告诉我哪些地方我写得很好，哪些地方可以稍加注意。我很喜欢和乐融融的学习氛围，就在这个为期三个月的短期班里，我们建立了以笔会友的情谊。叔叔伯伯还要继续报班，他们邀我一起报，一起跟着王老师学习，我就报上了。

在第一期班结业时，李爷爷邀请王老师和全班到他开的餐厅聚聚，李爷爷说晚饭他做东。我们一群人到他的餐厅，一桌满汉全席让大伙儿目瞪口呆。王老师说李爷爷太热情了，看着满汉全席不知道从哪里吃起。王老师邀上大伙儿一起举杯向李爷爷致谢。席间，李爷爷问我："丫头，看你在课堂上写得很投入，你怎么对书法感兴趣？"我说起了小时候老师曾经要我去学习，勤加练习，我没有机会学习的事情。李爷爷看到青春的我这么热忱地重拾差点儿被遗忘的兴趣，对我赞不绝口。闲聊之下知道我在做理财相关的工作，他随口一说，他有一笔定存即将到期，改天约个时间拿个方案给他看看，让他参考参考。

和李爷爷约好的那天太阳特别大，夏日炎炎，迎面吹来阵阵热风，可我仍感到特别愉悦。我到李爷爷的餐厅时，已经下午两点了，李爷爷的店里仍高朋满座。他招呼好客人后，立刻把我叫到一间包房，说方案他看了，觉得很好，合同他填一填和签名，稍后开现金支票给我。我愣了一会儿，我都还没介绍产品，李爷爷就要签合同。我太受宠若惊了。他把合同签了，连同支票交给我。我激动得连话都说不出来，拼命地忍住即将夺眶而出的泪水。我看着李爷爷，激动地对他说："谢谢李爷爷对我的支持。"李爷爷仅轻轻地说了一句："没事，我青春拼搏时，也有人帮过我，我现在尽力帮帮和我曾经一样的年轻人。”

我把合同和现金支票紧抱在胸前，回公司的路上我的眼泪禁不住哗哗地流。我忘记拭去脸上的泪水，一路随着太阳随着风把我的泪水吹干。我把当时新人最大的业绩交给公司，那一次我拿下单位新人奖第一名。

能有这个成绩，要感谢王经理在台上卖力分享在网络流传的《卖梳子给和尚》的故事，以此来比拟陌生开发市场的无限宽广。他讲的故事有没有价值？或许有些人认为听过很多遍了，觉得没有价值。可对我而言，这个故事的价值已不是三言两语就能说完，这个故事的价值无法用语言去形容，更进一步说，王经理把故事诠释出来，我们给故事赋予了价值。

那一次之后，在那个青春阶段，我的感谢信都改用毛笔书写，无论是初次见面的问候信，或成交的感谢信，或是出国领奖的客户服务信，我都用毛笔认真地写好每一封寄给客户的信。这也体现了我在另外一个行销学培训课程所学习到的行销差异化。

你的思路受限，才是最大的困难

秋雨绵绵，外出拜访客户不太方便，不外出也得做点儿有价值的事。我在办公室整理一些陌生名单，准备这几天好好打上几百通电话开发新客户。是天公不作美，害手上的名单也受到雨天影响了吗？我连续打了两天，打过去的电话要不是错误就是没有人接听，好不容易有人接，一听到是陌生人的声音就挂断。一直被挂电话，我的心情也跟着绵绵的雨天变得阴沉，挫折感也跟着上来，我连呼吸都显得急促。一页名单被划掉三分之二，一片黑压压的，看上去只有“挫折”两个字。我深深吸一口气，理智提醒自己，不能这样下去，再挫折还是要提醒自己不能泄气，遇到挫折就告诉自己再坚持一次，只要一次一次地坚持下去，总会有愿意和你见面的客户。结果……我接连打了三天，没有一个人愿意和我见面，连续三天的挫折让我整个人显得心浮气躁。于是我站了起来，再给自己打气一番，我不能让挫折的乌云笼罩着，我必须调整心情，可不知道问题出在哪儿，要怎么调整？不知道问题，却又感到整个人很浮躁，我再也打不下去了。就在我的情绪降到最低潮的时候，一股暖流出现了，小雪来看我。

小雪是我去参加激励课程时同组学习的搭档，两个人很谈得来，成了同组最常联系的同学。在这绵绵的雨天出现了温暖的太阳，我看到小雪带着热乎乎的奶茶来找我，我的眼睛都笑弯了。小雪不知道处在乌云笼罩中的我正在寻找天空中的那道彩虹，彩虹还没出现，小雪出现了。我接过奶茶问她：“你的项目不是如火如荼地在进行吗？怎么有空来找我？”小雪说她的项目有些不顺，感到有些沮丧，出来透透气。我们的办公楼就在同一排，过个大马路就到了。小雪习惯项目遇到卡壳就出来走走，解放思维不让自己的脑袋拥塞。她走着走着就走到我公司附近，既然到附近就打算上来找我，正巧路过奶茶铺就带上两杯。

见她絮絮叨叨地说了一堆，正在寻找彩虹的我没打算插话，安静地倾听或许是对她最好的支持。她说上一个项目很顺利，受到不少的表扬，现在刚接手的新项目还没理顺，在会议上受到众人的关注，都对她负责的新项目抱持怀疑的态度，她受到不少的压力。和小雪认识的这段日子，我发现她是一个很投入、常跟自己较劲的人，容不下自己在同一个地方犯同样的错误，她那么在意项目的成败也能够理解。她说这次压力很大，又很在乎荣誉，做起事来显得很浮躁。小雪说的这种感受我竟然也有。她接着说，加入这家公司不久，第一个项目很顺利很成功地做起来，开心当然是有，开心之余却感到莫名的压力。说着说着，有了些牢骚，小雪说这一次的项目成员不是很愿意在工作上配合她，每次都要她用很多时间沟通。她感到有些烦躁，尤其是这次项目比上个项目大，人力多了三倍，人多工作反而不顺了。照理来说，人多事情该更顺利才对，怎么大家理解项目的能力那么差，有时她真觉得他们素质太低了，很多事情在上次开会时都说过了，文件都发给他们了，他们还时常问这问那的，一个问题问好几次，问到她都不耐烦了。小雪开始抱怨各个部门整合而来的项目成员素质不够好，造成她的项目卡壳。她一口气把不满全都说出来了。

眼前的小雪抱怨声不断，我听得心里很沉重，连呼吸好像都不是那么舒畅了。我自己在工作上也遇到了一些挑战，正在积极找突破口，却听到这些抱怨，怎么也快乐不起来。当时我不可能充耳不闻，直接阻止也不好。我不禁问了一句："你怎么了？工作让你不开心吗？"小雪让我一问，放弃了准备絮絮不休说下去的企图。她愣了一会儿后看着我说："不知怎么了，怎感觉全世界都是欠我的。"我感到讶异地接下去说："小雪，我在工作上也遇到了挑战，开发客户不是很顺利，老是被挂电话，心里也是有些浮躁，而我不是用抱怨去解决问题，我积极地在找突破口。你还记得吗？我们一起去参加培训学习时，台上老师说'你在抱怨时，眼里看到的都是负面的。越是抱怨，越会认为全世界都是欠你的。抱怨就像是病毒，很快会蔓延到全身的细胞，甚至周遭的人，然后怎么看他们都不顺眼'。小雪，我们是不是应该换个方式去找方法？抱怨这条路上很晦暗，不会有我们要的'金子'。'金子'往往出现在充满阳光的道路上。"我把话说得很直接。我们俩眼神交会后便默默不语，看着窗上的雨滴慢慢沿着玻璃帷幕滑下去。其实我和小雪说这些话，最主要的是我不愿被负能量包围得透不过气来，同时也希望和小雪一起从阳光面去找答案。安静的空气里没有让人难受的死寂，却有一股芬芳围绕着我们。我感受得到小雪知道我不是要给她当头棒喝，这样的提醒得益于在培训课堂上，同组学习做搭档演练时就建立的深厚的基础。

小雪带着茅塞顿开的口吻抬起头问我："我是不是成功来得太快了？"正拉开了耳朵专注听的我，一时还没反应过来她的问题要怎么回答。她接着说："我才加入这家公司不久，第一个项目就很成功地做起来了，是有点儿神气。"小雪说完这句话后沉思了一会儿，好像察觉了什么似的，便将侧着的身体转成正面盯着我眼睛问，她是不是太心高气傲了。忘了每个人在项目里的价值。在项目管理中，沟通是最重要的。过去她也曾经是项目成员，常常被忽视，在一些重要环节，很多信息不对称，心里曾牢骚一堆，觉得项目经理怎会那么不重视沟通管理，以后她担任项目经理，一定要吸取前人的教训，不要重蹈覆辙。没想到现在她刚负责大型项目就犯了最不被重视的沟通管理的毛病。小雪回忆起当时的项目经验，她意识到，有效的沟通可以提前发现问题，而且还能避免问题的发生，并让项目成员互相分享信息，大家一起学习一起进步。她笑着说："怎么可以把项目管理圣经PMBOK（即Project Management Body Of Knowledge的缩写）所教授的，'沟通是项目经理最繁重的工作'给忘了，还在抱怨他们资质差。"小雪越说条理越清晰。她又说："在项目管理上，形形色色的沟通会占掉项目经理大约80%的时间，既然身为项目负责人，项目经理就该意识到沟通管理是在专业职责的范围内，不该去抱怨其他人。"逻辑清晰的小雪边说边整理思绪。

我也是边听边整理自己的思绪，我感到我的答案似乎在小雪口中出现了。虽然我一直告诉自己要正面思考，却花太少时间去和旧客户沟通，只埋头开发新客户。我忽略了好好照顾旧客户比开发新客户还重要，我该回到好好服务旧客户的核心，和他们做好沟通管理，更多地了解他们的需求。如林经理之前说的，要有“利他”的精神，一旦“利他”做得好，旧客户就会帮你转介绍。我浮躁的心情当时褪去不少，天空的彩虹在小雪的言谈中出现了。从小雪的口气中我听出她的心情从抱怨转化成愉悦，她甚至还自嘲了一番，要说一个爷爷等级的老笑话给我听。

她说，一天，她计算机端的QQ没关，就下楼去烧纸钱。一回来，妹妹就跟她说，刚刚有好几个人发了信息祝她生日快乐哦！接着她妹又说，那时她在烧纸钱，她妹都有帮她回他们哦！但是，他们都下线了。当时她听了觉得很奇怪，于是看了看对话记录。结果，她的天才老妹回的居然是：“对不起，我姐已经不在了，除非我去帮她烧纸钱，不然她没有办法从下面上来跟你们说话……”

我听了哈哈大笑，小雪要我不要笑，原来这就是她的沟通管理。她知道最重要也是最繁重的沟通工作没做好，才会造成项目成员间的不协调。她要回去公司和项目成员好好做沟通以及好好讨论接下来的程序。小雪一口气把奶茶喝完，连伞都忘了拿，双脚仿佛踩着雨水敲打出的滴答乐章回公司去了。

我握着半杯奶茶看着玻璃帷幕上的水珠，感到今天窗外的绵绵细雨特别善解人意。小雪来找我聊聊，我很幸运地在她的言谈之中得到解惑。短短的奶茶时间里，所有的问题有如跑马灯般在头脑中快速闪过。原来项目管理圣经PMBOK所教授的“沟通是项目经理最繁重的工作”，在销售管理中沟通工作也同样繁重，同样不可忽视。我发现沟通管理不只是在项目上重要，在每个地方都重要，也是职场的基本功之一。小雪因为工作卡壳出来走走，为了要解放思维不让头脑拥塞，殊不知答案就在她自己身上。她只是找个人说说话，理理头绪，从中找出最佳的解答。小雪说着她职场上遇到的问题，我不禁看着玻璃窗上的自己，原来我的青春也遇到过差不多的问题。我带着答案回到位置上，把陌生名单换成旧客户名单，拨打出电话，心情立刻不一样，一个傍晚约了三个客户。

我和小雪换个心情回到工作岗位。小雪朝着最初的梦想，成为一个杰出的项目经理而努力，她想进入全球五百强企业负责国际项目，成为专业的国际项目经理人。不久，小雪和团队把手上的项目在项目要求的时间内，高质量地结案了。她再次受到领导的表扬，喝彩声再次在镁光灯、鲜花和掌声下响起，距离晋升项目总监只有一步之遥，她继续为目标努力着。

我也为目标努力着，我应用了两位经理的策略，从陌生开发积累客户数，也学会如何请客户转介绍，持续邀请客户前来参加讲座。养成在池塘养小鱼苗的习惯，把陌生客户逐渐经营成熟客，我也逐渐提升了成交大客户的能力。学习是不间断的事，我和小雪遇到好的培训课程会互相分享一起学习。刘经理的提醒依然放在计划里，客户数是做AB计划的基础，我逐步完善AB计划。我仍记得刘经理告诉我的，观察力是与生俱来的能力，我要好好发挥如财富般的观察力，向刘经理看齐，以质取胜。

“能力是在困难的条件下锻炼出来的”，王经理的这句话让我不畏前方的挑战，再次成为单位新人第一名，不但获表扬，还获得出国领奖的荣耀。虽然我和小雪的工作环境不同，小雪主要的工作是面对事，我的工作主要是面对人，可无论是面对事还是面对人，我们都有一个共同的目标，就是持续在自己的领域精进。我们也时常交换工作心得，小雪常和我分享项目管理的经验，增添我对项目管理的认识，激起我对陌生领域探索的热情。我发现销售管理和项目管理虽有不一样，但在规划与执行上，却是异曲同工的。我觉得小雪好酷，拥有PMP（Project Management Professional，指项目管理专业人士资格认证）国际项目管理师的资格证。我告诉自己，有一天我也要去考一张PMP国际项目管理师的资格证，提升我的专业素质。在绵绵的雨天，通过小雪自我觉察的经过，我看见自己的迷茫，及时在心态上做出了调整，我很幸运结识这样的朋友。

一次阳光明媚的午后，我们再一次相约喝“雨天奶茶”，这是我们给它起的一个名字。我们没有工作卡壳，没有遇到挫折，只是约出来晒一晒青春，晒一晒梦想。我们聊起朋友就像是照镜子，青春需要找到能够互相信任，能够愿意听你说和对方没有半毛钱关系的浮躁事的同伴。当对方把遇到的挫折说给你听，说不定你的答案就在别人的青春里。往后，无论晴天或雨天，无论工作卡不卡壳，我们时间方便就会相约一起喝“雨天奶茶”，晒一晒初衷，晒一晒梦想，聊一聊我们为了什么要离开熟悉的家乡，到陌生的城市拼搏。我们互相提醒，不能因一时的光环盖掉最初的梦想。空杯让自己学习更多，学习让自己的格局变得更大。当遇到挫折不要放弃，坚持下去让青春在最耀眼处怒放。

脚跟立定以后，你必须拿你的力量和技能，自己奋斗。

——萧伯纳

Part 4

所有的磨难，
都会让你更优秀

我清楚自己不是含着金汤匙出生的，我必须要有执着的信念和坚定的毅力去为青春拼搏。

可以说生活中占据我最多时间的就是工作，其次是培训充电。

不是含着金汤匙出生，就要更坚强更执着

月底了，办公室的很多同事给我打气，要我把握这次晋升的机会。我摩拳擦掌地准备奋力拼搏。公司的晋升完全凭实力，除了必须在公司规定的时间内完成培训接受考评，还得要年资与业绩两者达到才符合晋升的资格，二者都必须同时达到，哪怕是业绩达标了，年资不到，也要等待时间，才能上晋升榜。王经理说过，公司订出这个规则是要让所有销售人员拥有厚实的销售功底，不要以为幸运地成交了几张大单就能晋升，或是以为人脉捧场一夜之间达到业绩要求，隔天就能晋升。这种没有通过千锤百炼的业绩考验晋升上来的人，管理之路也是辛苦的。销售基础没有打好，就如同松软的土壤上面承载不了重物，无法造高楼。销售能力是一次一次地面对挫折，一次一次地解除客户的问题所积累出来。在新人阶段所学的销售技巧和客户类型分析，只要你学以致用并加以总结，业绩会随着销售技巧的提升而提升。

王经理还说，如果没有经历过多次的客户拒绝，学会如何处理客户的拒绝和调适心理状态，而轻易地就晋升第一个台阶，对日后管理团队不是件有利的事。晋升上来成为小领导，就要开始招聘团队成员，也就有机会带领新人。新人遇到的问题也是你曾经遇到的问题，你在新人阶段没有经过实务的锻炼，是无法回答这些问题的，你的团队就无法成长，晋升上来也会因为自己的基础不稳而被考核掉，也就是从小领导降级为销售人员。业务单位很现实，也很真实，业绩挂帅，有实力的才能当销售主管或销售经理，甚至销售总监，晋升为单位大领导，那就是一个内部创业的企业家了。你想想一个销售团队的大领导要学会什么？没有通过每一个晋升阶段相应的培训和客户给你的磨砺，以及面对所带领团队会遇到的问题，是没有实力去帮助团队解决问题，更不可能坐稳这个位子的。简单地说，销售是先苦后甜。

听了王经理的这番话，我想起一开始新人培训里会提到的内部创业。台上讲师说，公司的销售晋升之路是一个没有盖子的天空，凭自己的实力和年资可以一阶一阶地往上爬，公司提供内部创业的平台，达到要求可以荣获晋升资格。晋升为单位大领导就相当于一位企业家，这个内部创业和业绩跟团队人力挂钩，公司不用你出钱找办公室，不需要你出钱支付水电和行政管理，只需要把销售团队管理好，业绩达标，那么这个内部创业的舞台就是你的。当时我听到这些，很激动，怎么有那么好的机会，让我全心投入这个平台？很幸运的，我按照公司的要求把销售人员的基础培训完成，也按照进度超额完成每个月的业绩，年资也即将符合。王经理一直给我打气，距离第一阶的晋升仅一步之遥，一定要把握。王经理时常提醒我晋升就跟着年资走，只要专注地把相应的业绩做出来，晋升是水到渠成。

我很期待这一刻，只要这个月业绩达成，下个月就晋升了。但不知道为什么，我这个月的业绩就是不如预期。眼看晋升考核就要到了，距离月底还剩不到一周，可是第一阶段的业绩还差一大截。我心里很着急，王经理其实也很急，他努力藏住心中那份焦急，一直鼓励我不要放弃。我心急如焚，几乎快翻烂了A计划的客户名单，那些熟悉有机会成交的客户不是出国就是还没有预算；看了无数次B计划，那些客户还没有去建立起联系。我愁眉不展地合起B计划。“到底我的客户在哪里？”才说完这句话，我的灵感就出现了。我再次翻开B计划，扫描了一遍，看着泰式餐厅老板的名字，有个声音告诉我要去拜访他。虽然我只在他的餐厅用过一次餐，只见过一次面，换过一次名片，但他的生意很好，我认为他一定有资金做理财。我已经没有时间做探询了，至于有没有需求，见面就有机会知道。

当天我立刻把方案整理好，刻意避开用餐的高峰时间，我选在下午两点到。张经理看到我便很客气地前来接待，问我要吃些什么，两点半是午餐最后的点菜时间，厨师三点就休息了。我直接和张经理开门见山地说，改天会来用餐的，今天是特地来向张经理介绍一个非常棒的理财方案的。张经理依然保持着我一进门时的笑容，他说可以参考参考，就邀我坐在窗前给他讲解。张经理很认真地听我说明，只提出几个简单的支付问题，对方案没有什么疑问。张经理在言谈中提到，前阵子有个人来给他提了一个相似的方案，张经理说要考虑考虑，这个人就没再来了。正巧我这次和他提起，他也乐意听。和张经理说明的这个方案在市场上是很有竞争力的，我讲解得很有底气，张经理也很爽快地就把合同签了，并让我后天来拿支票。我随即和张经理约后天下午同一时间过来。时间敲定后，我内心激动表面镇定地离开餐厅。回到公司，我和王经理说了今天拜访餐厅张经理有多么的顺利，兴奋之情溢于言表。王经理疑惑地看了看我问，你的业绩差距不少，你全都压在张经理身上吗？我自信地回答："张经理听了我的方案，他对方案和金额没有意见，仅有一些简单的支付问题而已。在我专业地解答后，他完全没有问题了。"王经理的疑虑出乎我的意料，我以为通过我的努力带回来这个好消息，他会表扬我，可他却要我多拜访几个客户分散风险，还说不要在一棵树上吊死。我觉得王经理的担心是多余的，认为他是没有和我一起见张经理，没看到当时沟通的气氛有多么愉快，信任感可说是到达了极致。而且张经理在当天就把合同签了，也约好在后天下午取支票，我不认为需要对张经理有所疑虑。

到了约定的时间，我准时到张经理的餐厅。我一进餐厅没看到张经理在外场招呼客人。会计看到我笑着说，张经理今天没有进来，我也笑着和会计说，和张经理有约，我可以在餐厅等他。会计听我这么一说，直接告诉我张经理今天临时有事不会来，要我不用在餐厅等了。我听了感到很震惊，不是前天才约好今天见面的吗？怎么没有来？我心里有些急，问了会计，张经理什么时候会来。她说张经理没有交代，接着说张经理过来的话会让他和我联系。我看着会计不知道说好还是不好，只想着，张经理是避着不跟我见面吗？前天的爽快只是在和我开玩笑吗？他是个没有诚信的人吗？我只剩下两天，张经理拒绝我，差距那么大的业绩要到哪里去找？我那么积极地冲业绩还是举步维艰。走出餐厅大门，我越想越不甘心就这样放弃，前天说好的，今天就爽约，张经理难道有其他真话没有说？我一定要见到他本人，即使被他拒绝，我也要明明白白地被拒绝，我不愿意被打闷棍。

隔天我没有选择在下午两点出现，我选择在中午出现。张经理依然不在餐厅，黄金时间不在餐厅，是真的有事？还是刻意避开我？餐厅生意不管了吗？我离开餐厅，回想那天下午和张经理沟通时，我哪里出了问题。想着想着，我想起了之前到培训机构参加销售培训课程时，老师说，当你看到客户没有问题就是最大的问题，因为你还不清楚客户的购买动机，你还没摸透客户是看上你产品的哪几点。在听到客户口头答应要下这个订单后，你要在适当的时机问客户刚刚讲解的产品有哪些是他稍感满意的。只要问稍感满意即可，问哪里满意就是要他当时签单，客户会有抵触心理，这是客户的防卫。又想起老师说，如果成交了，在临走前要问客户购买的五个理由，这五个理由由客户说出来，也就是让客户说服自己认可这项产品。老师还补充说，让客户说出购买产品的五个理由是全世界最伟大的销售员乔·吉拉德在每次成交后都会问客户的问题。既然世界第一销售大师都会问，我们也要学会这样问。

我想起老师的这些话，在关键时刻却没有用上，现在要做这些为时已晚。我到底要怎么样才能见到张经理？我想了一宿，整晚都睡不好，我一定要见到张经理的念头挥之不去，翻来覆去地睡不着。业绩截止日只剩下一天了，说什么也没有用，除非让我知道张经理在哪里。“张经理在哪里？”这几个字让我从床上跳了下来，打开张经理签的合同。通信地址写的不是餐厅，那么是他家？那一刻我好像得到解药，张经理再忙也要回家，我决定明天晚上在餐厅关门后，去他家门口等！

截止业绩的最后一天，有几位要好的同事问我这几天怎么都不见有动作，是不是隐瞒了业绩，打算明天早上九点之前再报，是打算横扫千军，又晋升又拿当月第一吗？我笑一笑只说愿一切“心想事成”！最后一天所有人都外出去“抢业绩”，我没有业绩可“抢”。我一早就离开公司，到书店看励志书加强信心，翻了几本书只看正能量的关键词句，让这些畅销书的作者给我鼓励。一天下来我仿佛被充足了电，走出书店开着刚买不久的小车到建国北路桥下，停在张经理家的不远处。我不敢停太近，以免他看到我又避着我，停太远又看不清楚出现的人是不是张经理。晚上十点，微风阵阵从车窗外吹进来，让人特别舒服，让人特别想睡。我打起精神，告诉自己想睡也必须忍住，看了车上的时间，十点半了，张经理怎么还没回家？或许晚上生意特别好，关门比较晚。我喝了几口提早准备的矿泉水，继续坐在车上等。十一点了，张经理怎么还没回家？莫非他看到我的车停在这里？不可能吧，车是我在这家公司赚到钱后，上个月才买的，他没看过我的车。我又打消了这个疑虑，继续坐在车上等。等到十一点多，一个人坐在车上越来越困，疲惫得双眼都快睁不开了，连打了好几个哈欠。不行，我一定要把瞌睡虫赶走，我几乎都要用牙签顶着眼皮了，张经理是不回家的吗？我撑着千斤重的眼皮，掐掐手指，拍拍脸颊让自己清醒，打起精神不能睡，都过十二点了张经理怎么还不回家？突然，我看到前方不远处有一个疲惫的身影走近张经理家的大门，那不是张经理吗？我拿着合同和包下车。张经理拿出了钥匙准备开门。我上前打了招呼，“张经理刚下班吗？”把张经理吓得快说不出话来。我连忙说：“不好意思不好意思，张经理，把你吓着了。”

张经理收回惊吓的表情问我：“这么晚了怎么在这里？”我立马士气高昂地说：“我在这里等张经理！”张经理脸上露出尴尬的表情，他要我进去坐。我应声说好，就跟着走进去。张经理边走边说：“那么晚了一个女孩子家怎么还在外面，你不怕危险吗？”说完要我坐，给我倒了一杯水，并说家人都睡了，要我说话轻一点儿。那一刻我真忘了危险，脑子里只有业绩。这句话在脑中掠过，我立刻以诚恳和坚定的眼神看着张经理说：“张经理，您的支持对我的职业生涯至关重要，下个月是我的晋升月，如果我的晋升能够获得张经理的支持，那是一份光彩和荣耀。”“你为了晋升，就在这里等我下班，等到现在？”张经理以不可思议的口吻问我。

我用坚定的眼神看着张经理说：“把这份工作做好是我的任务，晋升是我对这份工作的交代。”我把这句话说完，张经理的时间似乎定格了。片刻，他露出感慨的眼神看着我说：“如果我的员工有你的一半执着和毅力，我不知道可以开几家分店了。”他转身拿起他的包，拿出支票。我看着他把金额填上去，并在支票上签了他的名字。他看着我说：“我真的被你打动了，那么晚了一个女孩子家还在外面，支票收好，快点儿回去休息。”我收下支票，流下感动的泪水，几乎快要磕头感谢了，久久说不出话来。张经理说：“很晚了，你快回去，有什么改天到店里说。”张经理看着我上车。我上建国高架往回家的方向开，一路擦着泪水，满腹说不出的酸甜苦辣的滋味通通涌上来。拿到这个业绩真的很不容易，我终于可以在下个月晋升了，不是，是这个月，因为已过了凌晨十二点。

晚上我一直没怎么睡安稳，担心睡太沉不小心睡过头，错过白天报业绩的时间，一旦超过上午九点，就不算上个月的业绩了。我一早梳洗好出门，我要比八点半上班的行政助理早到。到了公司不到八点，我内心有些紧张，一是我可以晋升了，二是我能不能双喜临门，再夺得新人第一名？一早好多人排队报业绩，报好业绩的我坐在位子上看着排队的人，心扑通扑通地跳个不停。他们到底哪里抢来的业绩？怎么那么厉害？

早会时间到了，大伙儿听到早会音乐便移动自己的脚步。我看着行政助理手上握着业绩表，好想抢先看一下业绩排名名单，到底我在第几名。每个月最激动人心的时刻就要到了，大领导要公布晋升名单和业绩排名前，总会依照惯例，先出初步统计，最终结果以公司系统统计为准，一般都没有出入，这么说也显得职业。晋升名单公布，我名列其中，王经理和其他人都给我最热烈的掌声。我感触万千地站起来走到讲台接受表扬，没有人知道我的这个晋升是守着月亮和大门守出来的。接下来是公布上个月各组业绩排名，我再次得到新人组第一名，所有人的掌声再次想起。我好激动，感谢自己的努力和坚持，感谢餐厅张经理对我的支持。这个支持还“热腾腾的”，拿到张经理的支票连十小时都不到，那一晚我睡得特别好，一觉到天明。

第二天我向花店订了一盆花，请花店送到张经理的餐厅。我亲自用毛笔写了一张名片，请花店老板插在那盆花旁边，上面写着：“祝贺高朋满座”，落款写着：“第一名销售员黄曲欣敬贺。”张经理到店里看到这盆花和我的名字，特地打电话恭贺我。他知道他支持的黄曲欣不但晋升还得了第一名，他说他感到与有荣焉，他要请我吃饭祝贺。那一次我们成了朋友，只要有饭局我几乎都到张经理的餐厅去吃饭。那一盆花也为我带来了不少业绩，上面有着第一名销售员的名字，许多客人主动问询，张经理会帮我美言几句，并把我的电话给他的客人。

有一次我和一群朋友在张经理的餐厅用餐。结账后张经理好奇地问我：“你的青春为什么要那么拼搏？”我淡淡地说：“我的拼搏只为了被认可！”我嘴里说着这句话，脑海中出现大伯威严的脸。我想着大伯的脸，默默地在心里说：“大伯，我会让你看见，我凭自己的努力爬上来；我会让你看见，我是一个有价值的人；我会让你看见，我是一个值得被信赖的人；我会让你知道，我是一个没让你白疼的孩子；我会让你知道，我不再是你眼中的那个坏孩子，我不是一个和朋友一起骗爸爸的孩子。我期待有一天能够听到大伯亲口对我说‘回大伯家吃饭’。”我眼里泛着泪光再次和张经理说谢谢！怕张经理看出来，我还刻意说他们厨师今天做的酸辣海鲜汤好辣，不过还是很好吃。张经理不知道我对他有多大的感谢，我没有华丽的谢词，我用行动证明张经理的眼光是对的。之后每每获奖，我都会送上一盆花，上面依然写着：“祝贺高朋满座”，落款：“第一名销售员黄曲欣敬贺”。虽然获得这些业绩不是因为张经理临门一脚的支持，但他是我坚持到最后一里路时遇见的贵人。

张经理后来还给我雪中送炭过一次。平时我再怎么缺业绩，都不会打扰张经理，这一份得来不易的支持，不可以没有底线地随便开口。即使只剩下最后一周，我仍全力以赴往前冲，总没有让支持我的人失望。有一次我翻烂了AB计划，地球都快走了两遍，怎么沟通怎么谈都没有客户成交，仍是没有找到有能力的客户。最后一天下午两点多，我硬着头皮到张经理的餐厅。那天他特别忙，看来他知道我在等他，给我倒了一壶茶而不是一杯茶，示意让我多坐一会儿。他忙完后走过来坐到我对面。我鼓起勇气说了一句：“张经理，今天是最后一天……”迟疑了一会儿，话还没说完，张经理接着问：“差多少？我两个儿子刚从美国回来，我让他们给你补上。”那一刻，我的眼泪都快要夺眶而出了。我看着张经理说：“谢谢你对我的支持。”张经理笑笑说：“你也为我的店里带来不少生意，光因为那几盆花和名片上的第一名销售员，我店里都显得蓬荜生辉啊！小事，不要放在心上。”那一次我送给张经理店里的花更大，同样的祝贺，同样的落款，不一样的感激。

我和餐厅的几位店员熟悉后，其中一位店员告诉我，第一次张经理签完合同后会计阻止了他，说他冲动，没有深思熟虑。张经理被说了几句，为顾及面子就刻意避开我，以为我会知难而退。结果我没有知难而退，还打动了他，店员还说张经理很佩服我的青春执着和毅力。我很感激店员主动告诉我这些，让我知道在执着和毅力背后我所获得的表扬。我清楚自己不是含着金汤匙出生的，我必须要有执着的信念和坚定的毅力去为青春拼搏。

没有磨难，就没有更优秀的自己

我结束了一场全身心投入，和时间赛跑的晋升赛后，紧盯目标的紧张思绪放松了下来。开车的心情也跟着放松，沿路都觉得街道边橱窗里的服饰特别好看。经过一家大型花店，我放慢了车速，看着落地窗前的花争奇斗艳，不由得想起了Rose，我们好久没有见面了。

我们是在一个工作坊认识的，每次工作坊分组，我们都不约而同地拿着同一款式的坐垫坐在一起，次数多了，就成了固定的分享伙伴。工作坊是相对技能培训课程的使心灵更敞开的地方，很多你在外面不愿意说的话在这里都可以畅所欲言。这里是一个安全的沟通环境，也是一个疗愈的环境，至于你愿意敞开多少，全看自己的选择。Rose一开始坐在我对面，她留着一头乌溜溜的长发，浓眉大眼，看似有点原住民的血统，深邃的眼眸让人特别想多看一眼，眉宇之间流露出一抹淡淡的乡愁。在乡愁间有时候她散发出红色玫瑰般的热情，有时候是淡红玫瑰花般的明艳照人。在她身上时常能够看到玫瑰花苞般的美丽和青春。Rose有时会和我聊起玫瑰花语，她的神情藏不住玫瑰花语所呈现的美好。

我和Rose在工作坊里随着课程深度交流的时间越来越多，也成了忙碌之余的谈心对象。有一次Rose约我一起喝下午茶，她说要带我去一个很有意境的地方喝花茶。我按照地址找到了隐藏在巷弄里的一间古色古香的店。进了大门再穿过一道拱门，我沿着人造的小桥走进店里。看着桥下的小鱼优哉地游来游去，好不快乐。我心想，在喧嚣的城市里还有这么静谧的地方，真是不可思议。Rose已经在店里了，原来她也喜欢提早到。我坐下后，Rose建议我点美人玫瑰花茶，以及玫瑰花手工饼干。我还没喝，光听到茶和糕点的名字就很舒心了。我问过她，她喜欢花？她说喜欢，更喜欢玫瑰花，所以把自己的英文名字取为Rose，但是不喜欢被人叫花农。我好奇地问，为什么要叫花农？我倒没问她为什么不喜欢被人叫花农。经Rose一说我才明白，种水果的叫果农，种花的叫花农，无论种植什么通通都是农民。Roes说不喜欢被叫花农的主要原因，是花农叫快了像花虫，小时候同学都叫她花虫，她很不喜欢这个绰号。有诸多原因让她毅然决然地离开熟悉的泥土和熟悉的花香，把自己“移植”到有梦想的城市。她说她的根还在玫瑰花园里，她要在城市里采集梦想的花粉，当成就绽放时，要把成就的花香撒在家乡玫瑰园的每一个角落，让不看好她、否定她、嘲笑她以及欺负过她的人对她刮目相看。尤其是她叔叔的第二任太太，要让新婶婶对她和妹妹的态度大大改观。

我看了Rose一眼，她看出来我对她说“新婶婶”三个字感到疑惑。Rose带着伤感的神情说，她的爸爸妈妈在她小学一年级时，由于一场车祸离开了人世间，她和妹妹便由叔叔和婶婶接过去抚养。在她小学二年级时，婶婶因生了一场病就去世了，叔叔肩负起照顾卧病在床的奶奶和年幼的两个小孩的责任。新婶婶是在婶婶过世三年后，经由相亲带着两个小孩嫁进叔叔家的。新婶婶进来后，Rose原本和妹妹睡的上下铺的房间成了新婶婶的两个小孩的房间，她和妹妹睡到靠近卫生间旁边的小房间里。农村的卫生条件没有城市好，到了夏天常有蚊虫叮咬，即使点了蚊香，还是驱不走恼人的蚊虫，蚊虫在夜里盘旋在耳边嗡嗡叫。这样的生活条件让Rose厌恶，自从新婶婶嫁进来，只要下课和假日她就要到玫瑰园帮忙，还要做饭给五个弟弟妹妹吃，连写作业的时间都没有。她每天疲惫不堪撑到半夜还是要把作业写完，处在这么艰难的学习环境中，Rose的功课仍保持在中上，她在学业上的努力并没有换得新婶婶的多一份疼爱，仍是每天被新婶婶叫骂。Rose说到这里，她明亮的眼眸显得有点黯然，她说她非常想逃离那种每天被新婶婶叫骂的日子，她想逃离比玫瑰花还多刺的环境。她的生活环境多刺，而小学时还常被同学取笑是花虫。她远远地走过来，会有一群人大声叫："花虫来了，花虫来了，快跑快跑，不要和花虫玩，花虫有毒，花虫有刺……"男同学还会抓一些虫放在她的书包里吓唬她，后来连女同学也一起捉弄她。她不知道为什么全班同学要一起排挤她，她感到她是一朵不受欢迎的野玫瑰。她小学时甚至受不了这些磨难还逃离过家，让叔叔找回来后，被新婶婶吊起来毒打了一顿。叔叔的性格比较懦弱，挡不住性格跋扈的新婶婶。那一次被毒打后，她下定决心成年后要离开新婶婶的魔爪，才会想把自己"移植"到有梦想的城市。Rose说到这里，我有点儿心疼地看着她。

Rose说，18岁那天是她羽翼丰满的时间，她要"远走高飞"，飞出带刺的鸟笼。因此她早已自己勤工俭学完成学业，她向新婶婶提出要出去发展。新婶婶不同意，最后同意的原因是Rose答应新婶婶提出的要求：每个月拿生活费回来供五个弟弟妹妹读书。Rose答应了，新婶婶最后才不情不愿地让Rose来到台北。Rose到了竞争激烈的台北市，房租贵，吃的东西也贵，什么东西都贵。她带着叔叔给的几千块钱，这是叔叔平时省吃俭用存下来的，付了两个月押金、一个月租金，买了生活用品后，就所剩无几。工作还没找到，下个月怎么办？她开始担心，她说，为了生存，她把工作的标准一次一次放低，面试遇到了无数的挫折。她想做的工作，人家不需要她，在玫瑰园勾勒的美好画面并没有在她的眼前实现。Rose的青春没有积累出一技之长，她除了会种玫瑰还是种玫瑰，理想抱负不得不被抛在脑后。最后，她找了一份清洁员的工作，带着姣好的面容蹲在卫生间刷马桶，无数次落泪。她想着，玫瑰园编织的城市生活怎么会是这样子的呢？她为了生活隐忍着，每天推着清洁车打扫每个楼层的卫生间。Rose说到这里眼眶已泛红，嘴唇略带颤抖地说："即使再恶臭难闻我也会认真地把工作做好，因为要生存，因为要活下去，只要活着才有希望。"我听到Rose说着过往的点点滴滴，无法想象当时的她有多么无助。我锁着眉头看着她深邃的双眸。

Rose终于露出浅浅的笑说："我没想到改变命运的那一刻竟然会奇迹般地发生在我身上！"我看着Rose犹如在看电影般地期待下一个情节。她平常去打扫卫生的公司都规定要穿工作服及戴工作帽，她还会加戴口罩，口罩是自己买的。她说当闻到卫生间的味道，就想起小时候和妹妹住在卫生间旁那小房间的恶劣环境，所以她才戴上口罩降低不舒服的感受。那一天她的口罩不小心掉在马桶里，身上又没有备用口罩，她必须忍着厌恶的味道刷马桶。她从第十层女士卫生间走出来，准备转向男士卫生间打扫。一位人力资源总监看到面容姣好的Rose，把她叫住了。Rose当时内心惶恐，她以为是哪里没有打扫干净，一旦被领导知道就要扣工资。她的工资已经少得可怜了，再被扣的话，一天只能吃两餐了。没想到事情并不是Rose担心的那样，人力资源总监问她是不是每次打扫卫生的那个小姑娘。Rose有些紧张地回答是。人力资源总监要Rose放轻松，不要那么紧张，她说公司在找一位前台，找了非常久，想了解Rose是不是合适，有没有意愿填一份简历。Rose听到后，整个人都愣住了，她内心非常期待有新的工作机会。她很快填好简历，人力资源总监简单地和她交谈了几分钟，对她颇为满意，跟她约了继续进行面谈。Rose还在上班，不敢久坐，于是约了下班时间面谈。就这样，Rose获得了一份前台接待的工作。这是一个规模很大的公司，公司有自己的制服，让她省去置装费。她也万万没有想到能在这么大的公司上班。回到家里，她小心翼翼地拿出制服，欢欣雀跃地一次又一次试穿，照着镜子练习着接听电话的口吻，还练习着接待访客的笑容，也不忘练习和同事道早上好的语气。她觉得自己是这个世界上最幸运的人了，她从镜中看到一朵鲜嫩的玫瑰花在璀璨地绽放。Rose从此彻底摆脱每天打扫卫生间的工作。

她说这是天上掉下来的礼物，她非常珍惜这个机会。她的业务能力得到了领导和许多同事的肯定，唯独与人的沟通还差强人意。她的领导是兼管行政的人力资源总监，领导给Rose做试用期考评，告诉她要加强沟通技巧以及为事情圆场解释的表达能力，能力一旦提升会有助于她提高职场竞争力。考评上的评语并没有打击到Rose，她反而牢牢记在心里。她清楚地知道，在自己的成长环境里，最常相处的对象是玫瑰花，能够谈话的对象也是一眼所及的玫瑰花。在学校里受到同学排挤，她谈话的对象越来越少，人际沟通成了她的短板。幸运的是，领导看她把业务做得很好，可以说是吃苦耐劳、埋头苦干的类型。领导毕竟是人力资源总监，资历丰富，见的人多了，自有判断力，她认为Rose还有培养空间，愿意给她机会。

Rose说到这里，感动地说，录用她打扫卫生的主任是她的贵人。我立马接着问，不是人力资源总监吗？她说如果当时那位主任没有录取她，她也不会有机会打扫那栋楼的卫生，也不会遇见人力资源总监，所以那位主任是她一生难忘的贵人。我觉得Rose说得有道理。她接着说，人力资源总监是对她有再造之恩的贵人，没有领导给机会，她也就不会看见自己有进步的空间。她为了要提升自己，便省吃俭用存了一些钱投资在自己身上，报名参加知名培训机构的人际关系培训课程。长期的课后辅导让她和同组同学培养了深厚的感情，沟通能力随着学习环境的改变而日益提升，胆识也相应地培养出来了。后来她又经过同学介绍辗转参加了工作坊的课程，这个工作坊也就是我们认识的地方。

Rose说，皇天不负苦心人，她的进步获得了领导表扬。在新的年度考评时，她的短板已不再是问题了，那时公司刚好有职缺，她又获得了内部转岗的机会，从前台转到招聘专员的岗位。她用深邃的双眸看着我说："这是我人生的转折点！"我接着问："你现在招聘经理的职位是从招聘专员升上来的，是吗？""不是，是从打扫卫生的'阿姨'升上来的。"Rose说完，举起了玫瑰花茶，示意要和我碰一下杯子。我举起杯子笑着说："你是带有玫瑰花香的阿姨。"

Rose没有因曾打扫过卫生而妄自菲薄，她更视之为青春的磨炼。她说，如果一开始到台北就到这家公司上班，她不会了解获得一份好的工作机会是多么不容易。因为知道这个不容易，她把工作价值和职业发展融合到一起，她发自内心地珍视工作的态度获得许多储备干部的信任。现在公司很难招聘到管理层，人力资源总监将招聘任务都交给她，她总是不负众望地完成指标。

Rose邀我一起举起花茶碰杯，笑容满面地说，如果没有这个磨炼，就没有她今天的机会。在人际关系培训课程里，Rose和同学们相处得越来越好，也参加了人力资源的社群，帮助不少同学找到新的工作。她的好人缘让她的招聘工作大放异彩，才能从“打扫卫生间的阿姨晋升到招聘经理”。

Rose说她是一个比较多愁善感的人，她希望借助工作坊的疗愈，逐渐把小时候挥之不去的阴影清理掉。她想要有一个价值观健康的青春，而不是用内心的愤怒驱动前进的青春。工作坊的疗愈让她学习往内在找答案，而不是外求。她知道若要结果变得更好，就要把自己变得更好。她希望过去不愉快的事情能像断了线的风筝，随风飞走，紧紧抓着不放最后受伤害的只是自己。或许是新婶婶担心生活负担太重，所以用不友善的态度对待跟她没有关系的小孩。Rose已渐渐地不怪新婶婶了，她说她会慢慢地和新婶婶修复关系。Rose说了这段伤感的过往，那抹淡淡的乡愁仍在眉宇之间。她爱着她踩满脚印的土地和盛开着玫瑰的玫瑰花园。坐在我面前的Rose努力地在城市绽放，玫瑰花香早就随着风飘到家乡玫瑰园的每一个角落。

我开着车又经过一家有规模的花店，各种名花争奇斗艳，正尽情绽放，此时我想起Rose的青春，她的青春就像玫瑰花苞的花语那般美丽。我顺手拿起电话，打算约她出来再次到藏在喧嚣城市里静谧巷弄的那家店，为瑰丽的青春再点一壶美人玫瑰花茶。

你心柔软，幸福自来

每逢新的月份开始，我会再次告诉自己有新的篇章等着我去书写，紧盯着目标往前进，是我把这份销售工作做好的任务。可以说生活中占据我最多时间的就是工作，其次是培训充电。除了公司要求每一个职级该有的培训外，我还会到外面参加培训机构的课程。培训不但可以让我快速提升，还可以让我积累不少人脉，是我拓宽生活圈子的一个方式。对于离开家乡到外地拼搏的青春，我找到一个有助于快速成长以及建立人脉的省力渠道。无论是销售技巧或是领导管理，这些培训课程的费用都不低，每次参加培训之前，我会先给自己订下目标，参加这些培训后我不但要学以致用，还要把培训费赚回来。我不仅要赚回培训费，还要在培训费后面再加两个零地赚回来。对我而言，再加两个零的数字才能真正体现所学的价值。我每天头脑中想的就是工作和目标，家里墙上贴着猎豹、老鹰和冠军赛马的图片，早上起床看到图片就告诉自己我是冠军，天天催眠自己，想象自己已经是冠军的样子，把赛马精神搬进每个思想里，在工作计划上记满了与工作相关的行程，连假日都不错过。熟识我的人都知道，我不是在谈客户，就是在去谈客户的路上。刻画在我心里的，是唯有高速前进才能把失去的赢回来，我也确实通过拼搏赢得了掌声、鲜花和受表扬的荣耀。但我也因为高速度前进忽略了窗外不少明媚的风光，渐渐地养成生活里只有高速前进，没有慢速停靠。也因为高速前进忽略了慢速停靠是为了要切换青春视角，误以为慢速停靠是在浪费青春。

Rose在我生日的时候，送我一瓶玫瑰精油和精油灯，她还特地教我怎么使用，并要求我当天就要使用，不可以当成装饰品。她知道我的青春如草原上全速奔驰的猎豹，她不强烈要求，我会把礼物放在有一堆礼物的角落里。回到家我很配合她的要求，把礼物全部拆开来使用，认真地倒了一点水在精油灯的小器皿上，在器皿的水中滴几滴精油，再把Rose送给我的小蜡烛点上。刚开始我对精油没有什么感觉，我把它当作一项工作来完成，只是为了不辜负Rose的美意。点了几天后，Rose告诉我点精油时再放音乐听听感觉会更舒服。我觉得无碍，也照做了。慢慢地我习惯了空气中弥漫着淡淡的香味，生活中有些轻音乐。持续一段时间后，和我关系很近的同事问我最近是不是参加了其他类型的培训，她觉得我的生活节奏没有那么机械化了。我回答她，我有一阵子没有去参加培训了。同事笑着说我有一点儿不一样了，我疑惑地问哪里不一样。她说："我说不上来，你就是有点儿不一样。"看她狐疑的眼神，我觉得每天都一样。

只不过是我现在的生活每天增添了一点儿Rose送的玫瑰精油。我最近这阵子特别喜欢精油，无论是阅读或睡前都会点上一会儿精油，连沐浴都离不开。这不自觉的习惯让我浮躁的心缓和下来，也把疲惫的身心放松，整个人沉浸在轻柔柔的音乐和淡雅的香味中，让紧张的节奏放缓了下来。这样的心境离我好远了。慢慢地我喜欢精油香味弥漫在空气中，仿佛有种幸福的感觉。青春拼搏的路上，业务越来越繁忙，竞争越来越激烈，大家前进的脚步越来越快，一个不落人后的性格催促我高速前进，没想到小小的精油芬芳了我的青春。

偶然间，Rose和我聊起，问我喜欢玫瑰精油的味道吗。我说很舒服的，已经习惯回到家就把精油点上，好像只要香味飘散在空气中，就有一种幸福的感觉。Rose说最近又体验了几款精油，下次见面拿几瓶给我体验看看，于是我们又约在喝美人玫瑰茶的那家有意境的店。我接过Rose送给我的精油后，不免多聊几句，问她为什么最近那么热爱精油。她低着头笑得有点儿甜蜜。看她的笑容，不说我也猜到了。我也用甜蜜的口吻问："有恋情哦？"瞧Rose笑得那么幸福，不招也不行了，都给我猜中了，想躲也躲不了。在我逼供之下，原来她男朋友的姐姐在做美容沙龙，精油是店里的明星产品。男朋友是猎头公司的，推荐储备人才给Rose，因工作关系常有接触，就那么认识了。我笑着说："说得那么轻松，是近水楼台先得月？还是日久生情啊？"Rose让我别逗她，还说："我们俩都是工作狂，每天忙到月亮出来了，不管是近水楼台先得月，还是日久生情，有来电的感觉最重要。"Rose说完，立刻把箭头指向我，"说说你啊！"我瞪大眼睛回答她："说我什么？每天忙工作，没有什么可说的啊！"

"没什么可说的吗？常给你打电话的声音很好听的那个人是谁啊？是不是又高又帅的那一个啊？"我料想不到Rose会来这么一句，我若无其事地简单地回答："帅又不能当饭吃，就是一起上课的同学，还有谁？"其实Rose心知肚明，我比她还要工作狂，她这样问只是想转移话题，不让我继续逗她。她也知道我除了工作还是工作，根本没有心思谈朋友。其实还有一件事情只有我自己知道，每次接到他的电话我就有种幸福的感觉，却不知道为什么一直在刻意回避。

“我们俩工作都太投入了，其实青春不是只有工作，工作只是青春的一部分。我们在不同的领域努力，却有着同样拼搏的青春。我拼了命要证明自己存在的价值，拼了命为了要让否定我的人认可，拼了命要改变坎坷的命运，却拼了命关上了窗外的青春。现在有人为我轻轻开启，窗外的风景随着缓缓减速变得越来越清晰，原来我错过了那么多美不胜收的风景。我初尝放慢脚步遇见幸福的滋味，我们都需要练习把脚步放慢。”我的呼吸随着Rose的语速逐渐变慢，Rose用深邃的双眸看着我，仿佛把我带往她感受到幸福的心灵入口。她用缓和的语速继续说着：“我和你一样，每天寄情于工作，最好的‘谈心’对象是睡前抱着的一本书，翻上几页是最好的晚安曲。书就像是最懂我的朋友，就像是最了解我的心灵导师，也是我的专业指导老师。书陪我走过数不清的孤寂、数不清的低潮、数不清的无助、数不清的不被谅解、数不清的挫折、数不清的独自流泪、数不清的黑夜摸索、数不清的迷茫。每当遇到挫折或是心情低潮时，我会找几本书来阅读，帮助自己充电走出阴霾，一心要尽快调整自己的状态，让自己的心境充满阳光再出发。我知道你很热爱专业的管理书籍，我也能够理解你曾经说的，阅读专业书籍成了你的生活习惯，我懂你，因为我也曾经这样。我们不是铜墙铁壁，我们可以读一些散文来柔软我们的心。幸福的滋味是柔软的，不是僵硬的。”Rose感性地说了这段话，我整个人像是被闪电击中般，看着窗外久久不语。

回到工作岗位，我确实有投入心思在学习放慢脚步上，不是有目的性地想尝到Rose口中的幸福滋味，而是Rose的这句话打动了我，“我们不是铜墙铁壁，我们可以读一些散文来柔软我们的心。幸福的滋味是柔软的，不是僵硬的”。我想找回那曾经柔软的我，我想练习改掉外出就要像老鹰一样，俯视着地面上的一切，眼里只见猎物的性格。我的练习让青春视角的纬度拉开，我开始听得进去有关“慢一点儿”的这些话，过去我听到有关“慢一点儿”的这些话，我心中就会浮现“没有效率”的字眼。我实际和“慢一点儿”相处后，深深地体会到“慢就是快”。“慢工出细活儿”让我更深层地体会到大客户在乎的是“慢工”，从中见到“细活儿”。那一刻“啊哈”在心中浮现，我像是悟到了大师的智慧，这个“啊哈”让我领悟到了刘经理说过的，做大客户的要领只能意会无法言传的那个秘诀。我的工作随着我的改变而精进，我不再认为只有高速运转才能做出好成绩，即使我当个“慢鱼”也能做出大业绩。

回到家，嗅觉的心锚很自然地出现，我放下手上的包包把精油点起，习惯香味飘散在空气中所带来幸福感。就那么巧，电话声在香味弥漫中响起，话筒里传来的又是那个好听的声音。自从练习放慢脚步，我才开始注意到他的声音好听。那一次我顺着他的问候声说了一句：“我觉得你的声音很好听！”他不害臊地说：“你到现在才知道。”我愣了一下，心想：“啊！有人那么厚脸皮的啊！人家夸赞你的声音好听，客气话也不会说一声，还说我现在才知道。”我打算继续听着他的声音，他说只是问我平安到家了没有。我说到了，他就说到了就好，早点儿休息。我正打算不再像之前那样假借忙碌回避他的时候，他竟就叫我早点儿休息。或许他之前常听到“一点热情都没有”的回答，已经累了吧，索性匆匆挂电话了。他把电话挂掉后，我想起有一次中午，邻座的同事问我：“你最近和谁讲电话啊？怎么没讲几句话就这样挂掉了？一点热情都没有。”我整个人定格在“一点热情都没有”上好一会儿。我对他有些歉意，我一点热情都没有地接听他的电话已有好一段时间了，他还是那么关心我，我怎么就“一点热情都没有”呢？要请我吃饭我就说刚好和客户有约。我不明白，每次接到他的电话时我到底在回避什么？这个问题让我彻夜难眠，难道这就是小雪说的“心动的感觉”？我不愿意承认这个感觉，第二天继续投入高效的工作节奏中。

一天接近中午时候，又接到他的电话，这次他不是问我吃饭了没有，这次是问：“我能不能成为你的客户？”这通电话把我问傻了，我迟疑地说：“你有需要吗？”他说当然有需要。他立刻敲下我的时间，我半推半就地应约了。坐在他面前，我有点儿像小女孩般害羞。他在我点完饮料后问我合同。我说还没讲解方案，他说不用讲解，合同签了就是我的客户，就容易约到我。我见客户有时间，他请我吃饭没时间，以后他可以时常请我吃饭。这一招让我招架不住，心都要跳出来了。我不发一语，傻坐在他面前，还在想下一句要说些什么。他没等我说话，竟然在大白天向我告白。我的心跳都快要停止了，我告诉他我没有准备好，他说会陪我准备。我说对于感情我没有安全感，他说会给我安全感。我告诉他我有负担，他说做他甜蜜的负担。我说没想要那么快，他说一点儿都不快，他已等了很多年，从高中等到现在，我是他高中的梦中情人。我不但心跳快要停止，还哑口无言。他丝毫没有给我喘息的空间，继续说，从第一次参加培训课程遇见我，他就默默地坐在我后面，并告诉自己要保护这个女孩儿。他的每一句话不是让我心跳加速，就是让我快要停止心跳。我鼓起勇气说他琼瑶小说看太多了，他说琼瑶小说是为他写的。我从哑口无言到目瞪口呆，我的世界里怎么会出现这样的人？这个人……这个人的出现为什么会让我有幸福的感觉？我来回反复问自己，这到底是不是“心动的感觉”？

他不管我在犹豫什么，直接把挡住幸福的围墙拆掉，每天嘘寒问暖，我还时常收到意想不到的礼物。我开始习惯每天听到他如DJ般悦耳的声音，他的出现就像是幸福来敲门。我习惯有他的每一天，我们走到了一块儿。之后每次接到他的电话，我除了有幸福的感觉，心里还有甜甜的滋味。我们的发展如他所期待，他带我回家见他的父母。那一次见完长辈后，他说爸爸妈妈问什么时候结婚。我说只见过他父母一次面，他说嫁给他以后天天会见面。我看着他想，为什么这个人总是反应那么快。他看着我说，他会保护我给我幸福。听了他的话，我的脸似乎在发烫，他转身拿出早已准备好的钻戒和爱妻十大守则，当时就和我求婚。那一刻我彻底泪崩了，一路和他在一起，他总是对我那么好，他从不问我过去，只告诉我未来。他说我们活在未来不是活在过去，还说要从青春陪我一起慢慢变老。那一刻我整个人彻底被幸福融化了，我告诉自己愿意和他一起从青春慢慢变老。

他的父母知道这件事，开心得不得了，全家上下都为我们的婚礼做准备。幸福的滋味越来越靠近，我们的婚礼在五星级环亚酒店举行，浪漫的婚礼场面让我永生难忘。婚礼当天我十足是个全世界最幸福的新娘。忆华看着我，给我深深的拥抱，并在我耳边轻轻地说：“为你感到高兴，珍惜你遇见的幸福！”我点点头看着她说：“我会的！”她把千言万语化作一句祝福，我的感动溢于言表，谢谢她在我迷茫的时候不放手，用尽她青春仅懂的方法拉住我。谢谢她在我不敢拥抱这份幸福的时候告诉我：“不要因为一个人伤害你，而忘了我们很爱你！”她的鼓励让我学习放下伤痛，勇敢跨出去拥抱幸福。谢谢她在婚礼前夕带我再去青春常去的海堤，再到转角那家熟悉的小店买两瓶矿泉水，再到熟悉的位子，再看看远方的渔火点点，再让我抬头看看天上的月亮依然挂在那里对着我们的青春微笑。她还一一说着我们出糗的青春，告诉我青春里原本就没有太多的对跟错，是我的勇敢和坚强换来了这份幸福，还以过来人的身份提醒我，以后青春的脚印将不是我一个人，将有另一个人陪着我踩下每一步青春直到白首。她要独立好强的我学习温婉相待，也借由月色正美告诉我，我们虽是同一个世界的人，仍是不同的个体，他处处替我着想，我要多多学习柔软，以柔克刚将能获得长久的幸福。音乐声把我拉回忆华祝福的笑容里，忆华拉着妈妈的手说：“女儿找到了幸福，可以放心了！”妈妈红着眼眶看着忆华和我，一句话都说不出来。那一刻我强忍着感激的泪水看着妈妈，谢谢妈妈在我跌跌撞撞时给我无法替代的爱与支持。此时，他走过来告诉妈妈：“放心把女儿交给我，我会和妈妈一样疼爱她。”婚礼在所有人的祝福声中圆满落幕，我带着无限的祝福嫁进了婆家，我拥有了一个幸福的家。那一天之后，我不再是一个人生活、一个人看着天花板数愿望，那一天之后，是两个人生活、两个人一起看着天上的星星和月亮数着我们的愿望。

人生中我们要做个强者，要有足够的拼搏精神，幸福才属于我们！

——佚名

Part 5

每一次艰难选择，
都会让你成长

先生抓不住怀里吵闹的宝贝，向我示意要先下楼，他一转身便被人群遮掉了身影。眼前的画面被人群切断，两行泪再次流下。我感到一阵孤独，这是我的选择，我必须面对这份孤独。

选择是一种能力

那晚月朗风清，我们坐在窗前看着繁星点点，聊着我们数不清的幸福未来。我们享受徐徐吹来的晚风，他厚实的臂膀让我依靠着，说不尽的安全感油然而生。月光下的我不再像过去那样孤单，从来都不知道青春原来可以和幸福这么近，我完全能够体会忆华说的，青春里原本就没有太多的对跟错，是我的勇敢和坚强换来了这份幸福。如果没有过去的经历，我不会到台北，更不会去参加培训课程，如果没有参加培训课程也不会和幸福相遇，也没有机会坐在繁星满天的窗前聊未来谈愿望。青春虽有迷茫，但青春的每一个经历都是有价值的，每一步青春都记录着青涩，记录着轻狂，记录着不悔，记录着芬芳，记录着瑰丽，记录着拼搏，记录着无数的记录……接下来每一步的青春还会记录着幸福。

蜜月期本来有三个月，可先生看着依然为每个月的业绩目标开车到处奔波的我说："你现在不是一个人，现在有我可以把你照顾好，能不能调整工作节奏，不用这样奔波？”我看着他说：“我喜欢这份工作，这份工作带给我成就感。”先生说：“人生不是只有成就感，还有很多和成就感一样重要的东西，甚至有些东西比成就感重要。”听到这句话，他往下要说些什么，我心里已有数了。他常说我时常忙到月亮出来才回家，晚餐不正常吃，这样身体会被熬坏。我清楚这是对我的关心，自己确实还没想过要调整已养成那么久的工作习惯。尤其是以前经常一个人在外面住很久，没有人管我三餐，时常一个人吃饭，有时是工作忙完了才吃。自从认识他后，知道我偶有胃病的困扰，他每天比闹钟还准时地给我打电话问我吃饭了没有，如今不再是一个人，我的生活还是让他担心。

有一次，先生看着我半开玩笑半认真地说：“你的工作做得很好，从来不让人操心，你的生活有点儿像小白痴，所以我才把你娶回来照顾。娶你回来你还不听话，那就不让你在外面吃饭，以后每天回家吃。”我听到一惊，这是限令吗？我知道这话背后认真的成分多过于开玩笑。我有点儿难为情，知道自己有些不对，又不愿意说我下次不会了，也想过要调整，但给自己的借口，是没有时间思考怎么调整。正巧周日下午打了电话给忆华聊天，也说了这件事。没想到我还被忆华轰炸了一顿，她说我本来就不对，现在不是一个人了还我行我素，要想想现在有人关心我，婚前他就担心我三餐有没有正常吃、一个女孩子在外是不是安全回到家。婚后还不懂得另一半的心，我要好好反省，那一次在海堤提醒了我，要多多学习柔软，我这样的硬脾气，不改一改怎么行？我只是说几句，忆华在电话那头一口气说了那么多，怎么全为他说话，没有半句是为我？我得让她别再说下去了，我头脑转了一下，还是安分一点儿好，便顺着忆华的口气说：“好好好，我下次在月亮出来之前回家，如果月亮要提早出来，我也控制不住。”

她又来一句：“为什么要等月亮呢？你就在晚餐之前回家，一家人一起吃晚饭不是很好吗？为什么要让家人担心呢？这个和月亮没有关系，况且你婆婆那么欢迎你们回去一起吃饭，你看看你有多幸福，连晚餐都有人帮你准备好。”很有家庭观念的忆华和过去一样，只要我哪个地方被她逮住，就揪着我的小辫子不放，直到我愿意听话安分为止。我有点求饶地说，做销售有时候会比较晚回家，要配合客户的时间，每个月有业绩目标，没有达到就会滑下来，我可不想要滑下来成为第二。忆华听到我如此好强又说了我一顿，滑下来做第二有什么关系，为什么都要争第一？我压低声音和她说做第一是习惯，我习惯第一了。我担心又被揪住，很快地转移话锋，“我下次早点儿回家和家人一起吃晚饭。”我这句话打住了忆华。挂掉电话之前她又多说了我两句，要我多想想，幸福是需要经营的，要为“幸福存款”。现在是他存得比我多，我不要老是只懂得“提款”。我乖乖地回答：“好，明天开始为幸福存款。”我这句话一出，立刻被打枪，“为什么要等到明天？今天不行吗？”我有点委屈地回答说，今天和客户有约，想明天开始。话才刚说完，忆华还是有办法说我，她说：“存款不是只有正常回家吃晚饭，他处处为你着想，你起码也该为他着想吧？”在电话这头的我真不敢再有辩解，乖乖地说：“好，我会认真为幸福存款。”

新闻气象不停地播报还会持续下好几天的大暴雨，台北有几处低洼地区积水，要群众做好防汛准备。我低头无奈地看着手上的记事本，已经不知道有多少客户取消预定了。这暴雨被下魔咒了吗？连续下个不停，不间断的暴雨阻断了我出门的计划，也阻断了成交的机会。看着这场雨，不奢求老天放晴，只求雨小一点儿就好了，只要能开车出去我就心满意足了。等到傍晚，暴雨终于小了点儿，我欣喜之情难以言语，起身疾速到地下室开车到客户的公司。这位老总一天到晚飞，难得回来，我必须把握他在的机会。到了客户的公司，一待就是两小时，一是客户被低洼地区积水影响，车子开不出来，二是大暴雨又下个不停，把我困住了。暴雨不停歇，想走也走不了，客户公司的人几乎都不愿意等大暴雨小一点儿，一个个下班了，办公室的灯一区一区地熄了。老总的秘书知道我已不是在等她的老板，而是在等雨停。她进来会议室，我们不约而同地看着失控的暴雨敲打着玻璃帷幕。老总秘书嘟嘟囔囔地说，这暴雨完全失控，走出去就全湿了，雨伞不管用，只能当装饰品，原本想等雨小一点儿再走的。我转身和她说："我有开车，送你到地铁站。"她开心得像晴天在花朵上飞舞的蝴蝶，飞到她的位子拿了包包上了我的车。没想到车子开出地下室后就难以前进，滂沱大雨让人心情浮躁，没有人管交通信号亮的是什么灯。两人在车上完全被困在大暴雨之中。这时电话响了，我"啊"了一声接起电话连忙说："对不起，我忘了报平安，让你担心了！我还在路上，被暴雨困住了……"坐在旁边的老总秘书以羡慕的表情看着我说："真好，有人关心！"我看了她一眼问："你不觉得受到约束吗？"老总秘书难以置信地看着我，说了一句："为什么觉得是约束？这个时候暴雨都下疯掉了，你还在外面，给你打电话是关心，怎么会是约束呢？我想要有人关心，可一通电话都没打来，当我没事儿似的。哪像你男朋友那么体贴，还会关心你在哪里。"我有点儿难为情地说："是我先生。"老总秘书不敢相信那是我的另一半，她认为只有热恋的男女才会如此。她说了一大堆她和男友之间相处的事，不知道是想发发牢骚还是对男友真有不满，我听了有些惭愧。我获得的比我付出的多很多，我又忘了忆华提醒我为幸福存款的事。

回到家已快晚上十一点，我低着头走进家门，只听到“饿不饿？晚饭吃了吗”。那个声音和那种关心，让我心中涌起阵阵歉意。我还没说话，一句句温暖心田的话就像冬天的阳光洒在身上。我时常晚饭时间不准时，先生没有怪过我的画面一幕幕在眼前闪过，还想起有一次家族聚餐，唯独我缺席。嫂嫂事后告诉我，先生那一顿饭吃得有些落寞，我内心的歉疚还没消退，这次的大暴雨彻底把我的愧疚翻出来冲洗了一番。那一晚我说不饿，那一晚我睡不好，那一天晚我思考了很久，为什么鱼与熊掌无法兼得？幸福和事业无法兼顾吗？我确实有不对的地方，以前一个人想要去哪儿就去哪儿，没有天天见面的生活，他一通电话知道我平安，他就放心。现在天天见面，晚回家不是一通电话就放心的，而是时时牵挂。我在乎这份幸福，又不知道该怎么调整。我看到公司业绩做得好的同事，虽然他们不是每天都晚回家，晚回家却也是常有的事。那一晚我做了个决定，约Rose出来聊一聊。

我约了Rose一样在老地方见，我们点了一样的美人玫瑰茶，一样的玫瑰手工饼干，聊着和过去不一样的心情故事。Rose说她正想把手上的工作报告完成后，约我出来喝下午茶，我却早她一步。我话匣子还没开，Rose先我一步说了她二人世界的生活经历，说着与我相似的两难课题，还说着已过蜜月期的我们，生活仍是很甜蜜地过着，要珍惜幸福。Rose拉回现实，她说现在面对所处的科技公司高速成长，招聘的压力比她婚前还大，抢人才像抢银行一样，加班是司空见惯的事。她幽默地说，以前我们常说做到月亮出来才回家，现在是做到公鸡准备上班，她才准备下班，她的幽默也是她的忧虑。我问Rose怎么调整工作节奏。她说不是不能调整，是暂时不容易改变她多年的工作习惯。Rose毫不避讳地说，工作狂的性格是她的缺点，也是她一路晋升的优点。在一个人生活的时候，这些习惯不会影响到太多人，做什么决定规划起来很容易。现在是两个人生活，涉及的范畴很多时候不是只有两个人，甚至会有家族活动需要考虑。“所以你不调整吗？”我困惑地问Rose。Rose说她在很积极地思考调整的策略，她不愿让幸福在手中溜走，一直就想有家庭的温暖，尤其是对于一个从小寄人篱下长大的孩子，现在的二人世界给她前所未有的幸福，怎么也不能让自己倔强的性格影响幸福的温度。她说招聘本是和销售工作一样需要考核的岗位，她想转到行政岗位，已向领导申请转岗，下班时间可以提早一点儿，工作与家庭两不误。我羡慕地看着她找到解决方案，也说出我的情况。Rose知道我喜欢与人接触，也很喜欢现在的工作，销售管理的工作是外勤业务，不像她内勤那么方便申请转岗，这两种工作毕竟有不同的职能。

我迷茫地看着玫瑰花茶壶下的蜡烛火苗在微微晃动，握着幸福的手也晃动杯子里的美人玫瑰花茶。Rose看我若有所思，问我在想什么。我告诉她，我目前没有转岗到内勤的机会，也不愿意放掉销售管理的工作，更不愿意放掉握在手中的幸福。Rose知道我的想法后，神情轻松地说，我们都遇到了人生的难题，随着角色转换或增加，遇到的难题就不同，这是很正常的。其实问题背后总有答案，就看我们能不能放下。说是很容易，但做起来真是不容易。Rose说她是纠结了一段时间才说服自己放下她最喜爱的招聘工作的。她睿智地说，轻轻放下，才有机会拿起其他重要的东西，手都抓满了，也拿不起其他你想要的。她说，放下不是放弃，要我不要误会。放下是可以重新选择，职业发展不是一条线走到底，它可以是多个线段接成的黄金赛道。当然每一个阶段都要有所积累，频繁转换跑道会降低价值，线段短到接不起来，这样是无法为青春打造出黄金赛道的。Rose看着我，“你依然可以继续握着手中的幸福，放下现在头衔往内勤销售的电销发展。这家公司没有空降，需从基层做起，我知道你领高收入习惯了，以你的能力，这家美商公司不会让你失望的。和你过去一样，也是凭本事晋升，有一点不同的是，会有不少内勤管理历练的机会。”Rose以招聘经理的专业口吻和我说一个新的工作。

“Rose，其实我有点儿迷茫。”Rose听到我说出这几个字，她知道我是认真的，立刻把手上的杯子放下，又用她那动人的双眼看着我。她完全能够理解我的心情，在不久前她也有过跟我同样的心情，她是主动找了人力资源总监，谈起了自己在职业发展上的迷茫。领导听了她的情况后，理解她的现状，建议她将工作环境做些调整。这时正逢公司快速发展，她有机会转岗到行政部门。我们促膝长谈了一个下午，Rose建议我考虑调整工作环境，说不定在职业发展上能打开我的另一片天。她依据我过去在外勤亮眼的销售业绩及管理经验，同时还能做培训讲课，而在内勤管理团队里较少有综合历练过的管理者，于是大胆预测我会很快晋升，要我不用担心从基层做起。

Rose的一番话梳理了我纠结的内心，虽然不能说完全不迷茫，我却清楚知道“我的梦，我的爱”都握在我的手上。梦放下可以再造，爱错过了不易找。我把注视蜡烛火苗的目光移到Rose的水润双眼上，她似乎在我眼中看到了我的答案。

家庭和梦想，可以兼得

经过一段时间的考虑后，我到了这家在台湾扎根十年并被称为电销少林寺的美商公司面试。我很幸运地通过了面试。面试通过后，我必须做一个决定，开启与另一个职业发展对接愿景的黄金赛道。回到家，我重复思考面试官答复我的两个问题，一个是晋升机会，第二个是业绩竞赛。和Rose说的一样，晋升和业绩挂钩，晋升条件还多了管理能力的考评。面试官说，业绩竞赛不如外勤多，但是收入是和自己的努力程度成正比的。我也得知公司里每位销售主管都是从基层做起来的，没有空降。凭实力上来是让我心动的地方，而我下决定没有Rose预期的快，她说这和行事果断的我落差太大，最后还是Rose推了我一把。

于是我加入了这家可以朝九晚六的美商公司。经过两天培训后，公司就让新成员上线，给我们每个人发名单。主管说这名单比较老旧，是资深销售人员联系过却没有成交或是还没找到人的，先提供给我们练兵，把销售话术练熟，等我们练个十天八天有成绩后，会发给我们质量比较好的名单。我拿到名单后，心里直呼怎么那么好，还有名单提供，这不是挖个池塘让我们在这里钓鱼吗？随便也能钓几条吧。经过一番野战部队操练的我，过去是自己找名单、找客户，自己写脚本，用最传统的电话做开发，被挂了无数次电话，修改了无数次脚本，终于在千锤百炼后产生了一点点业绩。原来电销是提供名单，还有那么舒适的电话设备、录音和风控系统，我把培训教授的脚本在不离开法务风控版本的基础上做了调整，第一天就成交了。

主管吓了一跳，我第一天上线就成交，而且在已经被联系过多次的名单中成交五位客户。

当时我并没有受到名单老旧的影响，被联系过的名单有被联系过的说法，关键不在于名单被联系过几次，关键在于不要被挂掉电话。有人接听就有机会，况且名单是公司准备好的，合法的问题解决了，可以放心开发；再来是可以告诉客户我们是某某联名合作伙伴公司，是客户所熟悉的，在这个基础上多了一重信任感，表示这通电话不是完全陌生的。客户陌生的是电话那端的销售人员，我要做的是让客户对我产生信任感，让客户在前十八秒不挂我电话，因此我第一步思考的是，要在不离开法务风控版本的基础上做话术的调整。毕竟销售是一门客户心理学，写话术的培训师不一定能投入很多时间钻研这个领域，也不一定会经过野战部队的实际操练。过去我为了把销售做好，投资了不少学费在相关领域上，本身对学习的热爱又加上喜欢和人接触，逐渐提升了销售时沟通的敏感度。我从实务经验学习到，从电话上客户看不到对方，和客户电话沟通时结合声音表情的运用很重要，我必须发挥专业素养让客户能够和我通话超过十八秒，就有机会进行下一步了。看到眼前这一切，我内心雀跃不已，这家公司的销售方式太好了，相较过去而言容易太多了，简直是送分题。

我入职时靠近月中，离月底只剩十一个工作日。我找到筛选名单、拨打电话及对应计算机画面的技巧。当时的计算机系统比较老旧，使用起来比较费时，切换客户要打开几个窗口，我天天都能够成交，因此很快把老旧名单打完了。月底公布业绩时，我在全台二百多位电销人员中排名第二。第二个月，我和大家一样有完整的工作月，我拿下全台第一名，业绩是第二名的三倍，并刷新了这家公司在台湾十年来的纪录。在之后的年度业绩竞赛排名中我拿下全公司第一名。年终答谢晚宴上，我获得远从美国飞到台湾参加晚宴的老板的颁奖，还获得出国旅游的机会。让我最开心的是可以每天朝九晚六地上下班，收入是一般上班族的五倍以上，有时候达到七八倍。如Rose所说的，我很快就获得了晋升，半年后晋升成销售主管，带领十多位电销人员。我带领的团队是全公司第一名，业绩是第二名的两倍。晋升为主管后，我为新人及团队做培训，专注于提升团队销售技能，业绩得到持续成长，我带的团队收入也不比做电销的少。晋升不久，领导要我兼管Inbound（呼入）和Reconfirm（回访）团队。增加了两个团队，我依然每天准时上下班。这份工作完全不让我的另一半担心月亮都出来了我怎么还没到家。还有一个让人感到有价值的地方是，我担任主管期间，为公司培养了超过十位销售主管到新的子公司做销售管理的工作。要感谢美商公司对我的信任，我才能发挥天赋和自我价值。

我踩着每一步青春，走在梦想中的黄金赛道上，养成不断地自我鞭策、做事投入的习惯。领导看我工作得那么投入，还给我学习行政管理和跨部门沟通的机会。同事说，我这哪里是学习行政管理，摆明就是让我多几份工作，我多管理团队要向领导多要工资才是。我笑着“哦”了一声，我乐在其中，从没有去理会工资的事情，每天如海绵般大量学习，即使让我跨部门沟通解决客服问题，我也是非常开心地去执行的。这和外勤不一样的是，外勤要自己规划每个月的工作目标，自己找客户成交。做电销完成指标当然是首要工作，电销不用自己找客户名单，每天有一定的工作范畴，既定的事情做完还能够涉猎新的领域。关于电销系统、客服系统、报单系统、行政流程梳理，过去这些都不是我的职位该做的，这是部门经理的工作。部门经理去开会就交给我做，我做得很开心。工作中还会发现电销系统的问题会衍生其他问题，我向部门经理提出了这点。性格大气直爽的女经理要我自己去找技术部的领导沟通，我请她帮我发邮件先打招呼以示尊重。就这样一来一往，我对建置电销系统越来越熟悉。和客服部的领导沟通也是如此，经理也要我自己去处理问题，不用经过她，她也只是发邮件打个招呼。我累积了处理客户投诉和款项入账时间点的经验，还有其他跨部门沟通的人力资源、运营等经验。这让我感到这个工作很有趣，每天有不同的东西可以接触可以学习，我对电销的运作模式和熟悉程度与日俱增。

熟悉的工作并没有让我“安分守己”，我开始在想如何自我超越，除了这些我还能做些什么？不安定的灵魂又活跃起来了，我再次利用假日时间参加培训自我充实，买了大量的管理书籍自我充电，但也有不少假期出国去度假。一次度假回来，我在飞机上想，如果能够往大陆发展该有多好，顺便还能够回祖籍广东走一走看一看。那段时间台湾的新闻时常报道台商西进大陆发展，前景一片看好。我的心不知不觉已飘到海峡的另一边，我总觉得我上辈子就是在那幅员辽阔的土地上出生的，我该回去才对。我每天做着差不多的工作，开始感到挑战性不够。不是说它没有趣味，只要与人接触就是一件有趣的事情，而是团队会遇到的问题也都差不多，客户投诉的问题也是那几个，流程成熟下的团队也很少出错。我假期多，常出国玩，于是产生了出去的念头。如果我能带着青春出去看看世界有多大，那该有多好？

有时候想想意念真是有趣，常常在头脑里想的事情就在现实中出现了。就在这个时候，一个令人心动的机会出现在我面前，让我感到太不可思议了。我得到一个到上海发展的机会，这不就是我不久前在飞机上想着的事儿吗？一家荷兰的百年企业，刚到上海陆家嘴设立总部，要发展全国市场。市场非常大，要通过一支没有地域限制就能创收的团队，在策略上要搭建一个电话营销的专业团队。当时在大陆还没有这方面的管理技术，这家荷商企业里搞多元营销的老总早已耳闻我在台湾的电销战绩。我们在一个机缘下认识，他说整个大陆的金融业还没有发展出对外呼出的电销业务，市场充满着机会，他认为对我而言是一个极好的机会。这是一个“从零到一”的团队建设机会，喜欢挑战的我很心动。带着青春出去看看的机会真的出现在眼前了，我真的有机会可以跨出宝岛台湾了。纵使机会在眼前却还是有门槛，我最大的门槛不是忆华，而是对我呵护有加的另一半。他不希望我再像过去那么拼搏，可以好好地享受家庭生活。舒适幸福的生活我很喜欢，但变化性少的工作有点儿倦，每天待在家里又会崩溃。我左思右想，该如何让先生同意我前往上海？我们已有一个两岁多的孩子，我该如何在不影响家庭的情况下，能够出去看一看？

在和先生敞开心扉沟通后，为了完成我的心愿，他答应了。他的答应，让我有淡淡的离情，淡淡的喜悦上了眉梢，淡淡的……说不出的五味杂陈爬上心头。这个答应没有让我的心飞起来，看着爱我的人和我们心爱的孩子，我常眼睛湿润，喉头紧紧，欲言又止。计划赶不上变化，说好飞往上海报到的前一个月，公公婆婆身体不适相继住院，为人媳该尽孝道，我不能为了自己的梦想只身飞往上海。我主动和先生说前往上海发展的计划作罢吧。他没有多说什么，只说先看看爸爸的病情。我们一起前往医院照顾公公。公公倒是很支持我前往上海，他说了好几次："丫头，你去吧，到时候老爸到上海看你！"公公的祖籍是江苏，早年跟着国民党到了台湾，我能理解公公思念故乡的心情。有时候看着公公，我有种说不出来的情愫，我会想回去帮公公看看故乡的土地，甚至想抓一把泥土回来给公公摸一摸，让他闻一闻那遥远又熟悉的味道。

公公出院了，我本以为可以如期前往上海，但在公公住院期间，婆婆劳心过度，在公公出院后几天，婆婆又住院了。为了不耽误对方的发展，我遗憾地推掉了这个机会。我看着地图，上海和小小的台湾仅那么一点点距离，我叹息着，只能遥望即将蓬勃发展的舞台。婆婆平安出院后，我还没做回到职场的安排，先生在这头看我郁郁寡欢，对方在那头继续在台湾寻找下一个人选。找来找去，他们仍没有找到合适的人选，一个月后又再次和我联系，希望我重新和家人沟通，问问家人如果同意让我过去，有没有其他条件。这时机会又出现在我的眼前，我再次和先生讨论，那一次我开口说："让我去上海，去一次我才不会遗憾，就心甘情愿了。"先生最后说："如果能够每个月回来，就让你去，如果去了一个星期后还是不习惯也回来。"于是我和对方说，家人让我去上海发展的条件是每个月回台湾探亲一次。对方听说后，经过内部沟通，给了我优渥的条件，其中一条就是答应让我每个月回台湾一趟，陪伴家人，这是先生的底线。没想到这个让先生答应“让我飞出去”的条件，公司答应了，我又有些犹豫了。我割舍不下爱我的人，以及我们可爱的孩子。没想到，最爱我的人还是最懂我的人，先生鼓励我说：“去吧！没有去，怎么知道习不习惯？不习惯就回来。”我不知道该说些什么，感动到不能自已。他爱我的方式永远是希望我幸福，他的双臂永远是为我敞开的。

朋友得知我搁下台湾的高薪工作，即将前往上海发展，他们都说我是不是疯了，劝我不要去。从来没有人做过的事，我去不是要当炮灰吗？何必冒那么大的险呢？其中一位朋友说，我总是喜欢做一些不按牌理出牌的事情，外勤业务做得好好的，转到内勤做电销；电销做起来了，工资那么高，又要放弃，真不知道我脑子在想什么。几位朋友在咖啡厅你一言我一语，我没有搭腔。我头脑中出现了一个非洲卖鞋的故事，故事的大概是说两个卖鞋的商人到非洲去开展业务。他们发现非洲人都不穿鞋，A认为，糟了，没人穿鞋我没办法在这里发展；B认为，哇，太棒了，都不穿鞋，有这么大的潜在市场，真是商机无限啊！无论后续发展还有没有C出现，A、B两位商人里，我觉得B的眼光是对的。我要随着经济发展将电销技术带往大陆，像蒲公英一样挺立在风中传播种子。

所谓的倔强，就是让怀疑你的人最终对你刮目相看

先生和孩子送我到机场。我的泪水已经决堤，孩子哭着不愿意让我走。我怎么也放不下，先生是那么淡定地看着我，擦掉我的泪水说："去一星期，不习惯就回来。"我点点头，紧握着大小两双手怎么也不肯放。俯仰之间，登机时间已逼近，我被先生催着前往安检处排队，依依不舍地回头望，大手小手频频向我挥着。先生抓不住怀里吵闹的宝贝，向我示意要先下楼，他一转身便被人群遮掉了身影。眼前的画面被人群切断，两行泪再次流下。我感到一阵孤独，这是我的选择，我必须面对这份孤独。

报到的第一天我就和几位高管见面，有人是抱以正面的态度期待我加入公司的，他们希望我引进成熟市场的新营销技术；也有人是抱以看好戏的态度看待我的到来。其中有位高管在一旁小声地说："面对面都不一定卖得出去，连面都没见到，凭一通电话就要成交？"一旁的我当作没有听到，我并没有把这句话放在心上，我

有自信凭一通电话就能成交，因为培训的人是身经百战的我。事实上也不能怪这位高管，毕竟有不同的市场经验，就有不同的看法。CEO和CIO都来自香港，他们对于电话营销所带来的效率早已熟知，彼此简短的会晤后，就把我带到另一个办公室，看来公司很着急要把电销团队组建起来。他们安排我和等候已久的七位骨干进行培训，这七位原本是和我同一天报到的，我因故延迟了报到时间。这七位见到我后，激动之情溢于言表，脸上的笑容就像春天盛开的花那样绽放。我也感到很开心，差一点点就要与他们擦肩而过了，这七位将接受成熟市场成功且有效率的电销技能培训，也意味着在不久的将来，这七位的职业生涯将随着电销快速发展而腾飞。

我每天进到公司都可说是马不停蹄，我一边要做技能培训，给七位骨干培训并让他们落地，一边要进行流程建立，和相关部门沟通所需要的支持。困难的不是技术输出和流程建立，而是相关部门对于风险控管有不同的见解，很多简单的事情窒碍难行，这对我是一个考验。第一个星期是最难熬的七天，夸张一点来形容，就是白天的每一分钟都让工作填满，晚上的每一分钟都被思念占据。我白天忙碌，到了下班时间还不知道，同事陆续说“再见”，提醒我早点下班回家。我抬头微笑说好后，继续埋首工作，目标导向明确的我要求自己在一定的时间内要产出成果。当发现整个空间越来越安静后，我抬头一看，原来早已过了晚上八点。

我住的地方还没找到，每天下班先回酒店。回到酒店，疲惫的身心立刻转换成思念的情绪。听着彼岸那熟悉的声音问我还习惯吗，我怎么也得坚强地说习惯。先生听得出来我不愿让他担心，两岁多的孩子每天晚上吵着哭着在找我。我在电话里听到孩子哭喊的声音，这快把我的坚强一片片撕碎了。先生白天忙着管理公司，晚上一边哄着小孩，一边挂念我。他要我们把眼泪擦掉，很快就见面了，不然台湾海峡都快要让我们哭干了。他一直是那么幽默，常说我太严肃，生活需要添加一些趣味。先生说他是上天派来教我让生活变得更有趣味性的，所以我们才会走在一块儿。我同意他的说法，在他身上我学习到情商及与人相处所需要的柔软度。完成目标不是针锋相对，可以商议可以讨论。我转战到电销做内勤销售管理，情商的提升让我更圆融，到异地发展更需要这项能力。白天和同事沟通时，我运用这几年锻炼得来的柔软功，把阻碍在面前的问题一一梳理，有效的沟通让相关部门知道电销的机会和风险。刚开始必然会像是两人三脚地前进，找不到节奏感。我相信在实际成交客户，大伙儿在实务中累积经验后，就能有节奏地左脚右脚和谐前进。

我一边忙于和各部门沟通，梳理出脉络，一边做培训，指导七位骨干演练和验收，落地是实力的证明。我告诉这七位骨干，不久的将来我们会成为一支傲视群雄的精英。要成为精英，练兵是第一要件。要怎么练？我把从陌生开发的经验和他们分享，这七位各个听得目瞪口呆。从他们的眼神中，我看到了“佩服”两个字。就在那一刻，我告诉他们打流水号，他们问什么是流水号，我告诉他们从尾数00～99开始拨打，把前面的固定电话号码写在表格第一栏，末二码是00～99，客户就在00～99里面。

经过我的魔鬼训练，他们从不相信都变成相信，保持强大的信心开始打电话，一上线就被拒绝砸得满头包。他们本来满脸阳光地打电话，一天下来，脸上再找不到任何光彩，有的只是愁云满天。每天早会和晚会是激励和检讨的时间，我告诉他们成不成交不是关键，关键是这五天如何总结客户拒绝你的问题，以及客户愿意和你交谈下去的说辞。我培训时说了一万遍客户拒绝的问题有哪些，远不如你亲自听听客户拒绝你的问题是什么。他们是骨干，将来要带领自己的兵，必须要有过人的抗挫复原力。果真，他们把客户拒绝当练兵，一个个在晚会分享，他们实际遇到的客户的拒绝理由有哪些。做了总结后，他们发现和培训所教授的东西相差无几，还把和客户应答如流的内容整理出来，也发现这些在我的培训和脚本里一览无遗。我很清楚一开始要给予新人信心，一开始不是去比赛谁先出单，要比的是谁先懂得客户心理，毕竟这是一个全新的市场。

我规划出许多培训课程来加强他们的能力，他们各个都表现出兵来将挡、水来土掩的样子。很快地，我到任时间已超过一星期，所有人都在看我的培训有没有效果。要钟声响亮，不能只敲一次，持续地敲才能响彻云霄。就在第十天，一位同事成交了，其他六位激动得不得了，大家都停下手上的工作。这位同事自己也不敢相信，照着脚本念，客户就说要交钱了，客户的问题才回答几个就没有了。他的成交经验给团队打了巨大的强心针，这个消息传到相关部门，大家震惊了。那位说“面对面都不一定卖得出去，连面都没见到，凭一通电话就要成交”的老总见到我时，主动走过来说，听说我们电销成交了，同时伸出手向我握手祝贺。非常感谢他给我的激励，我很礼貌地向他说谢谢，并说日后和他们运营合作会最密切，请多给予支持。他说，没问题，他们是为我们业务部门服务的。第一个成交后，随后订单如雨后春笋般接踵而来，公司上下都开始有信心了，看待电话营销部的眼光开始不同。

公司对于成本低、成交效率高的电话营销信心大增。正逢年底做预算，电销获得财务上和人力上的支持，人员编制从七人增加到近四十人，业绩稳步成长。无限广大的商机在眼前，发展策略也升级为十倍速成长，采用成熟市场的项目合作模式，全新的商业模式为公司带来大量的数据，电销人员欢腾得要掀起屋顶。CEO的创新策略以十倍速成长，一举成功，不只是业绩十倍速，人力也要十倍速，这对我又是一项考验。市场上没有经验的人到处都是，有经验的仅仅是由我一手培养出来的三十来位，年资半年都不到，有实力带新人的只有那七位骨干，如何在最短的时间内从三十人裂变成三百人？从哪里找到那么多人来面试？又哪来那么多面试官？并在短短的三个月内报到及完成培训？接下这个在业界的人看来不可能的任务，不行也要让它行。人事也面临缺人的问题，人事面对的是全公司上下的十倍速成长，并不只是电销而已。我们共同思考解决方案，人力资源主任问我刚毕业的本科生是否可以作为招聘对象。刚毕业的青春正在市场里找寻机会，相对有工作经验的人而言，容易来面试，但同时也意味着前面有几重挑战，一个是没有经验，一个是稳定度不那么高。彼此都遇到了前所未有的挑战，我们必须要有破釜沉舟的决心。首先，我让电销培训师帮这群不到半数的骨干做面试所需要的素质培训，由他们担任第一轮面试官，第一轮面试通过后进入第二轮联合面试，联合面试是由我提问几个关键性问题，从而快速筛选人才；第二，从培训中进行第三轮筛选，我带领培训师和骨干帮新人培训，由培训师和骨干做验收；第三，通过让培训的新人下市场进行流水线练兵，骨干跟听和辅导，做第四轮筛选，这也是培养骨干成为新秀销售主管的机会。第四轮中能够留下来的，基本在销售技能上已具备一定的实力基础。

项目开始执行前，我给培训师和骨干开会，让他们知道公司接下来的大计划、他们扮演的重责大任，以及他们将迎来的前所未有的锻炼机会。他们听了是既期待又紧张，挑战的日子在他们准备好前就到来了。事实上，没有任何一个人准备好，因为这是崭新的做法，谁都不知道会发生什么事情，唯一知道的是要冷静应对。第一次的联合面试是从将近六十位面试人才当中，经过几位骨干面试出有潜力的二十多位人选，也就是淘汰掉三分之二。我上去面试，通过率四分之一都不到。这是一个很严峻的问题，没有适合的电销人员就不能启动项目。面试当时，我知道问题出在这些骨干没有面谈经验，不会筛选销售人才上。而且面试前的紧急培训，他们太紧张导致吸收不来。当天联合面试结束已经是傍晚五点，我思考着如何解决这个问题，今天不解决，明天的面试依然会发生同样的问题。答案就在问题中，于是我在笔记本计算机中找出一个“人格特质分析表”作为他们面试的辅助工具，助他们快速识别有潜力的销售人才，同时也提升他们的自信心。随后，我让助理通知大家立刻召开会议和培训，除了表扬他们面试做得好外，也打算把藏匿在他们心灵角落的挫折赶走。因时间的关系，我简单告诉他们当时培训的内容，是国外企业广泛应用的DISC人格特质分析，也让大家用大约十分钟的时间填写问卷。这个问卷也会在他们面试前要求应聘者先填写好，帮助他们事前先了解应聘者的特质，同时也告诉他们在人际沟通和销售中都用得上，一次就把即将要用在销售上的识别能力一起进行培训。我培训完后，现场欢声雷动，他们满脸的沮丧顿然消失得无影无踪，个个都非常期待知道自己属于哪一种类型。

我快速为大家讲解了DISC四种人格的性格特点和沟通技巧，告诉他们DISC人格特质分析将人分为四大类，并引用了四种鸟类做比喻：

D（Dominant）主导型→老鹰

I（Interactive）社交型→鹦鹉

S（Supportive）支援型→鸽子

C（Conscientious）谨慎型→猫头鹰

D（Dominant）主导型→老鹰。性格比较强势果决，个性外向有支配欲，说话语速快。就是说老鹰型的人最明显的特征是喜欢指挥、发号施令，是个目标导向的人，大部分的企业老板和高管都会是这种类型。缺点是性格强势，耐性不足，有时候忘了倾听。遇到这类型的人要懂得尊重他，讲话要说重点，就能产生共鸣。

I（Interactive）社交型→鹦鹉。性格属于人际导向型，性格外向，为人好相处及公关能力很好，说话语速快。鹦鹉型的人擅长制造愉快的气氛，如果要谈正题，在剩下的最后十分钟切入，效果会比一开始就谈好太多了。缺点是不擅长听别人讲专业的事情，会显得不耐烦。交谈当中记得要赞美鹦鹉，这样能够产生共鸣。

S（Supportive）支援型→鸽子。性格稳健内向，是一个很好的倾听者，平常话不多，说话语速慢，也不喜欢冲突，是一个喜欢安全感和和谐气氛的人。缺点是优柔寡断，尤其无法掌握临时交办的事务，有时会排斥领导所交办的事情。如果提前交办，就能按部就班把事情处理好，是一个很好的幕僚。和鸽子型的人沟通，不要太急，这样对方会比较有安全感和信任感。

C（Conscientious）谨慎型→猫头鹰。性格谨慎内向，喜欢就事论事，强调证据或数据，和猫头鹰型的人相处要提出佐证让其信服。他们说话语速慢，做决定也相对比较慢，没有老鹰的果决，也是不能太急于催促做决定的类型。猫头鹰型的人需要深思熟虑才会做出决定，等待时间往往比其他三种类型要长。

大家听完我的重点式培训，非常想知道问卷统计出来的分数和自己是什么类型的人，丝毫忘了这是第二天面试需要用上的工具。我告诉他们每个类型的人在企业中都非常重要，适才适所才是智慧。我先问他们上面四种动物中，哪一种动物最适合做销售。大部分的人说“鹦鹉”，问他们为什么。他们说，鹦鹉是社交型，就是喜欢和人沟通，销售就是要沟通，鹦鹉最适合。有些人觉得老鹰，后来又觉得不太像，最后在笑声中判断出来是“鹦鹉”。我抓紧时间告诉他们，初级班先学习，以“DI”为主，“SC”为辅，通常DISC统计下来，每个象限都会有分数，高低不同。初级班也是速成班，当时以他们的案例立刻解题。“DI”类型，有销售特质，这种类型的人是目标导向，只要是他要的目标，就会想办法去达成。“ID”类型，这样类型的人不但擅长沟通，心中还有着目标，目标掌握度虽没有“DI”强，但在销售业绩上也会有很好的表现。“DC”型，这是很多企业老板和高管的类型，擅长掌握目标又擅长分析，只要能够带着数据说服这类型的人，“DC”型的人做起决定来会很果决。“DS”类型，这类型的人没有前面三种类型多，很有自己的看法，做起决定来兼顾和谐，尽量不伤大雅，往往没有办法面面俱到，弄到自己心里难受，如果有清楚的目标，也能够冲锋陷阵。我特别提出来现场没有的组合类型，即“DS”“IS”分数一样高，这样类型的人比较少，我没有遇过，因为一个人不太可能很外向、节奏很快、说话很大声，同时又很内向、动作很慢。一群人呵呵大笑说，这样会不会人格分裂啊！

为了方便在第一关选才，除了让他们在初级班培训后有了基础的认识外，我还和他们说，如果对DISC的更详细及进阶的内容感兴趣，可以看《你是哪种鸟？DISC四型人格分析，让你发现自己真正的职场优势！》这本书。现场“I”分数最高的那位说：“等培训结束就去买，我看了后再告诉你们，你们是哪一种鸟。”现场“D”分数最高的那位说：“我自己会看，不用你告诉我。”“DC”型没有参与进来，在一旁观看他们在言语上的格斗，尤其是看着“I”类型的人手舞足蹈地说着看了书后要如何如何。一位四个象限分数相同的那位，微笑着看着所有人。我在现场的欢笑声中宣布培训结束，自行活动。

很快地，销售团队从三十人发展到六十多人，不久又达到一百多人。这些都是下功夫操练过的团队，是有能力上场打仗的，即使一百人翻到三百人也是一件容易的事。有规模的电销除了要有数据库和销售人员外，还要考虑席位，一个人一个座位，不像外勤开完会就外出寻找客户，电销是内勤业务，必须有席位，即使有大量的数据，没有席位，英雄也是无用武之地。在接到十倍速成长并执行招兵买马的任务的同时，我就开始采购电销系统，“从零到一”的系统建置对我又是另一重考验。我必须有长远的计划，整个电销的运营必须重新规划，虽然历经了前所未见的挑战，我仍能一一克服。这也是最让人开心的地方，带领团队一一征战，从成交到流程建立都是创新，人才培养也启用非常机制，不能揠苗助长，却要让人才实地操练高速成长。看着自己一手培养出来的团队执行百人上线、百人呼出，系统强大到能够支持所有席位，经过极大的挑战之后收获的成就感更是无与伦比。在挑战面前为市场写下辉煌的一页，也为我的职业生涯立下新的里程碑。还记得那一年的年终晚宴，电销的年度业绩贡献度占比是三个渠道的百分之五十一，承担了公司核心业务的重责大任，当时对外呼出的电销团队创下三百人之多的规模。看着眼前这三百多位正值青春的同事带着抱负成就出一番荣景的景象，我回想起自己当初，怀着信念和不安，漂洋过海来到上海的心情，内心激动不已。

繁忙的工作仍止不住浓浓的思念，每个月为了要回台湾和家人相聚，我的工作时间明显少了好几天，但我也不会因思乡情愁而影响工作进度。脑子里早已设定好目标导航，我整个人浸泡在工作里面，铆足了劲要在进度内完成目标，甚至超前完成，全然享受腾飞的速度。回台湾和家人相聚，我好几次都没有从紧张的工作节奏中及时调整过来。即使习惯了外企高压高效的环境，面对前所未有的挑战，我还是不敢掉以轻心，毕竟成长环境造就了我为荣誉而战的性格。在刚加入的前半年，我把电销在强烈的企图心下做起来了，当初提醒我小心当炮灰的一群朋友改口说我很有远见，说我是市场的先驱。过了一阵子，亮丽的成绩让我的名气在业界开始传开，许多外企前来挖角，对方开出更好的条件给我，希望我过去帮他们建置电销团队。但我还是选择留在原来的公司，毕竟我们有了相濡以沫的感情。

我全心投入到工作上，才在高管会议和CEO商议下一步的市场战略，却莫名卷入一场“不能说的秘密”的职场政治。核心业务成了这场政治争夺的“地盘”，“地盘”被盯上，“地主”也需换人，我成了这场职场政治的牺牲品。说好听一点儿是无预警被请退，说直白一点儿是解雇，通知日也是最后工作日，要我收拾好东西，隔天不用进办公室。收到这个信息我如遭晴天霹雳，我如此热爱工作，凭借实力晋升到高管，珍惜着被公司重点培养的每一天，几个月前才签下五年留才计划的合同。这纸合同带给我无穷的希望，我盼着即将到来的分公司总经理职务，想着新的机会到来即是我飞跃另一个高度的开始。我无法想象全心投入的三年在一夕之间发生骤变，CEO和我长谈身为一个职业经理人的无奈与抱歉。我感到莫大的委屈，孤独地忍受对家人的思念，远赴他乡从无到有开展全新的业务，打造出受市场赞扬的战果。在一切上了轨道，正准备擦拭汗水接受喝彩的时候，我却收到残酷的通知说这片江山与我无关。我隐忍着泪水看着CEO，他的无奈让我的千言万语被锁在喉头。我含泪让助理帮我准备几个纸箱，把所有刻画在这片土地的记忆、拼搏的汗水与异乡的孤独一一装进纸箱里。我打电话回去给先生，我在人前的压抑的泪水在听到他的声音那一刻决堤。他说："回来吧！如果机会不在，有我在，我永远是你幸福的港湾。"先生让我婉拒CEO准备帮我安排到另一家外企任职的机会。不久，CEO无预警被请退，他对于无法扭转职场政治形势的叹息声，在那一次长谈中我已理解。我没有怪任何人，这是一场连CEO都无法控制的局面，这件事情让我有说不尽的遗憾，也有诉不尽的收获。

回头看一看这些考验，看似轻舟度过万重山，个中艰辛纵使有成千上万的文字也难以表达一二，就让"不能说的秘密"深藏心底。秘密虽藏心底，收获却显现在言谈举止间。何其幸运能够有"从零到一"的成功经验，何其幸运能够见证电销在大陆崛起，何其幸运一颗小小的蒲公英种子能够从质变到量变，造就如今的桃李满天下。

一天，我坐在办公室里和刘老师提起这段被解雇的经历，再没有波涛汹涌的情绪，只有娓娓道来的内容，说这件事情时的心态和最失落那一年相比，简直是小巫见大巫。沉稳的刘老师道出一句有深度的话，"你这是'高级忧伤'，外表看似是平静的海洋，内心的澎湃其实是外人看不出来的。你可以把它写出来，你的经历可以帮助很多年轻人走出青春的迷茫。"我还来不及思索"高级忧伤"

背后的故事，看着窗外正在飘着雪的北京，想起当时带着“高级忧伤”准备离开上海登上飞机的那一刻，我深深地吸了一口气，回头告诉这片土地，“我会回来的！”这一句承诺是对这片土地的热爱，也是这一句承诺让我们在这里相见。

我始终不愿抛弃我的奋斗生活，我极端重视奋斗得来的经验，尤其是战胜困难后所得到的愉快。一个人要先经过困难，然后踏进顺境，才觉得受用、舒适。

——爱迪生

Part 6

挫折是磨刀石，让你更锋利

接连几天的沉淀，又听了一个比一个精彩的创业故事，除了由衷佩服逆境中的青春，不畏挫折跌倒打击，经过磨砺创造了一番成就外，我还受益匪浅。

煎熬的时刻，是辉煌的前夜

飞机缓缓地降落在桃园机场，这一次我抵达机场的心情和过往有着天壤之别。过去飞机还没降落我就归心似箭，巴不得赶紧下飞机通过安检回家看家人。这一次降落，我巴不得机舱门别那么快打开，内心有千百个不愿意让家人和朋友知道回来的原因，也不希望家人为我担心，更不愿让朋友知道我铩羽而归。海运是在我抵达十余天后才到达台湾基隆港口，办好报关手续，我在上海起飞前打包的所有上海的生活家居用品，半台卡车的东西一一被卸下来。睹物思情，记忆的闸门瞬间开启，关于上海点点滴滴的回忆像洪水般倾泻而来，矗立在陆家嘴的大楼历历在目。我深吸一口气，熟悉的空气仿佛在鼻腔回绕，冷冷的风穿梭在熟悉的街道上，那抹记忆那抹情，挥之不去。在上海三年，说长不长，说短也不短。三年，让一个客居上海的人，从只拖一个皮箱带着衣物到攒集了半台卡车的生活家居用品；三年，让一个拼搏的人从一片荒芜辛勤耕耘到一片荣景；三年，让一个有梦想的人深深地爱上这块土地。

回到台北，我依然不到六点钟就醒来，即使失去了工作，也无法等到太阳出来才起来。我原本每天早上起来都会精神焕发地迎接崭新的一天，带着阳光的心情和满满的能量出门上班，上了发条的节奏已成了生活既定的节奏。不在上海，生活突然像是失去弹性的弹簧，虽然我没有成天瘫软地待在家里，却明显感到失去了生活重心。理智上我很想要把意气风发的自己找回来，却找不到着力点，不知道往哪里使力。我的头脑里成天想着不能让这件事情打倒，几乎天天待在书房，看着书柜上竖立整齐的书，翻来翻去都找不到哪一本才是心灵解药。我告诉自己无论如何都必须要用最短的时间站起来，理智再次告诉自己不能被这件事情绊倒，这和过去相比不算什么。小菜一碟，仅是暂时没有工作而已。到底是自欺欺人？还是真的没有什么？隐隐地我感到情绪堵住了胸口，压抑无法排解，不对的情绪仿佛在走迷宫，走了几步又撞到墙，转个弯还是墙，后退几步也是墙，前后左右都是墙。我在内心不断和自己对话，不愿相信这是我的结局，强打精神启动自我鼓励机制，告诉自己这只是暂时的挫败，这是追求成功的过程，这不会是我的结局。我望着天，没有呐喊，无声地回头看，我的青春是那么辛苦地爬过来的，离乡背井努力拼搏为的是要成功，却三番四次地跌倒，老天到底还要给我多少磨砺？从上海回到台湾，要如何卷土重来？我的结局不可能是这一幕，这不是我要的结局。

我走不出迷宫，摆脱不了压抑的情绪，在人前谈笑风生，在人后孤独自处。多少次心不在焉地坐在计算机前，漫无目的地在网上浏览；多少次呆若木鸡地坐在电视机前，漫不经心地看着节目持续播送。一次我被突如其来的爆笑广告把视觉拉回屏幕，嘻嘻闹闹的爆笑声结束，我的眼球被一幕知性的画面吸引，是一个访谈节目。是一位果干达人的拼搏故事，我略略调整坐姿听着主持人的访谈。

这位来宾用低沉的嗓音说着他的故事。他在做果干之前，在海外做贸易，掌握青春的活力，几年下来赚了不少钱。后来因为赚钱越来越顺手，野心越来越大，转投资到其他陌生的领域，没想到亏损连连。他顺势赚钱惯了，他年轻气盛、逞强好战的性格丝毫不受小小的亏损影响，他屡败屡战，屡战屡败，结果债台高筑使得他周转不灵。一直内心很强大的他，把几次打击当蚊子叮咬。最后一次重击终于让他信心崩溃，他彻底灰心了，即使再骁勇善战的英雄也会让挫折吞噬掉全部的勇气。以前的英雄开始怨天尤人，一度认为上天遗忘了他。回台湾后他每天酗酒，家人的开导和劝阻没有起到任何作用，他借酒精麻痹自己。一次喝酒过度昏迷不醒，幸亏被家人发现，及时送医才救回他的性命。躺在病床上，他看着高挂的药水一滴一滴地滴入他的血管，开始有了醒悟。每一滴药水背后都是家人的希望。正巧同一个病房隔壁床的病人常有家人和朋友来鼓励他，隔壁床的鼓励声也让他看到了希望。他感到希望没有他想的那么渺茫，失败只是过去式，未来还没开始，警醒上天并没有遗忘他，既然不让他走，就是要他好好地活下去。

主持人很佩服这位来宾的决心和意志力，也问了一个众人感兴趣的问题。他一个以前在商场上一次就谈动辄几千万甚至成亿生意的人，是什么机缘让他投入到仅仅赚几十元一次的果干事业的。来宾的回答让主持人感到惊讶，果干达人出院后就想重新振作，去开了家水果店。会想开水果店是因为在住院期间，许多朋友都带着水果来探视，水果多到送隔壁床的病患。出院后，他还带了不少回家。他看着这些水果想起在海外常听人说台湾的水果好吃又便宜，当时身上没有钱，想东山再起的他就起了开水果店的念头。开店成本远比他过去的事业低很多，于是他让太太回娘家借了点钱重新出发。没有做过门市生意的他找了一家西向的店面。每逢傍晚，太阳西下就能晒到他的水果，水果很快就败坏，见到生意虽有起色，可坏掉的水果反而让他的获利下滑，甚至赔钱，几个月下来入不敷出。太阳的照射造成的亏损让他不断叹息，他看着他的“钞票”遭到太阳照射而败坏，一阵阵痛心，再这样持续亏损下去就要考虑关门歇业了，他再次感到迷茫。一次他走出店门口，太阳正好朝着他的脸照射过来，他为了避开刺眼的阳光，转过头，看到了黄澄澄的台湾金钻菠萝和爱文芒果。就在刺眼的阳光下他看见了闪亮的转机。他本身就很喜欢吃菠萝和芒果，看着这一摊水果，心想有什么办法可以在水果坏掉之前就封存这些营养和美味。

人的念头很奇特，当想着出路的时候，就有机会现出曙光。“封存营养和美味”让他起了做果干的念头，不趁新鲜做果干，过几天又坏了。他刚开始仅做了一些菠萝果干和芒果果干，也不敢做太多，先试卖看看。主持人又问，为什么是这两种很具台湾代表性的水果？原来果干达人会挑选这两种水果做果干，主要是菠萝和芒果很不禁太阳晒，芒果水分流失皮皱后，卖相也不好。试卖几天后，客人就回头来找。他是纯手工制作，水分高的水果烘烤时间要两天以上，和市场上用大型机器把水果做脱水处理完全是两种做法。他的做法还能保留水果的水分，因为不添加任何调料，吃到的都是水果原来的香甜味。一星期后，客人纷纷回头前来问询，手工制作的果干供不应求。原本被太阳晒到对卖水果快失去信心而感到迷茫的他，顿时找到了出口。水果生意因店面选不好造成亏损，他的水果店开不到半年就关了，于是他专心做果干。

在主持人和来宾的交流中，我看到这位不服输的果干达人从危机中看到转机。果干达人说，商场失意不代表前路难行，天无绝人之路，纵使前方的路再崎岖，也要做个勇于挑战自我的高手。即使是一片小小的果干，他仍一如既往地执着去做。主持人问好吃的果干秘诀是什么。来宾不藏私地说，他通过多年的学习和积累，了解到烘烤果干的温度控制在57℃最能保留水果的养分，水分高的水果常要烘烤两天以上，苹果水分没有那么高，也要十几个小时。果干达人很认真地对待他的每一片水果，他对台湾水果有一份热情，已经研发出多款台湾水果的果干作为伴手礼。他说："你对水果好，水果就会对你好，它会回报你。"他用认真执着的态度说了这句话。主持人的总结很有意思，果干达人"在水果中失意，却在果干中站起来"，绝处逢生的勇气值得年轻人学习。

看着电视机里的这位达人好不容易度过最煎熬的那一阶段，我感触良多。哪个青春不是跌跌撞撞走过来的？跌倒了再站起来真的很不容易，他的勇气使他绝处逢生，勇气让他穿越迷茫找到出口，更让他无惧前路的崎岖，立志成为挑战自我的高手。如果没有那份执着，就不会有今天的"果干达人"称号。他那隐藏在内的热情把我带到一个高度，我看到的不再是四面八方的迷宫的墙，我看到的是迷宫的另一个出口，上方一直没有被封住。我感叹，这不是出口吗？我茅塞顿开，原来出口一直都在。就像不久前我在微信朋友圈看到的一段话，"如果从一百楼往下看，都是美景。如果从二楼往下看，遍地都是垃圾。一个人如果没有高度，看到的都是问题，一个人若是有高度，那看到的都是美好的未来。"我调整了自己，把高度拉高，眼界也随之变高。我用旧有的方式思考问题，答案当然不会显现出来，改变思考方式，答案就在身边。低潮的时候不愿承认自己低潮，故作坚强不一定是最好的解决方式，问题还是卡在那里。换个角度看问题，打开新视野才能找到答案。那一次之后，我很喜欢看一个人如何成功的访谈节目，不但给我正能量，还给我看问题的新视角。

越是迷茫，越是要想明白到底想要什么

回台湾不到一个月，几位朋友纷纷找我出来喝咖啡聊天，他们更多的是想问我到大陆发展好不好，其中一位就是当初善意劝我小心当炮灰的朋友。我的回答是：“很好！”那位让我别当炮灰的朋友小施不等我把咖啡放下，就急着问：“既然好，那你为什么回来？”多煞风景的问题，我没有正面回答，只说我有其他安排。我表面这样回答她，心里是百感交集。另一位朋友小杜，他很想到大陆发展，但是内心忐忑不安，下不了决定。我看着他那既期待又害怕受伤害的眼神说：“你在害怕什么？”小施没等我说完就抢着答话：“不是怕，是非常怕，万一当炮灰怎么办？”我心想，担心当炮灰就别去呗！我没说出口也能理解他的担心，一个人要离开舒适的圈子到异地发展确实需要莫大的勇气，要做出新的决定不只需要勇气还需要胆识。虽然我不愿以过来人的身份谈去与不去，但我还是很诚恳地表达我的看法：“做任何决定都必须付出代价，我不能

帮你们做决定。问我好不好，我说当然好，广大的市场前景确实一片看好。不用我说，新闻媒体都常有报道。至于去不去，得由自己决定，每个人的价值观不同，做事情的决策会有所不同。家庭条件与家人的支持度，是能不能去的重点。”

还有一位朋友小夏，他去新加坡工作过好几年。他推了推鼻梁上的眼镜很有豪气地说，很多时候问了也白问，不敢下决定的还是下不了决定，蠢蠢欲动想去的只是问个心安而已。别说开疆辟土，要跨出舒适圈到一个陌生的城市的确是需要鼓足勇气跟胆识。小夏可以这么豪气地说出这句话，自有他的资本，他是我们这几个人中最先出去看世界的。最安静的一位也是我们几个人中还没说话的小梁，他有时是以观察者的身份出现。他说，做出新的决定必须要有果敢的性格，探险家就须具备这样的性格，就像哥伦布发现新大陆，他就具备了果敢冒险的性格。小夏再次推了推鼻梁上的眼镜接下去说，他在新加坡打工那几年是他近年来最怀念的时光，除了工作有成就感之外，让他念念不忘的就是美食。新加坡是美食荟萃的国家，他鼓励我们一定要去玩一玩、尝一尝。小夏的形容让我们垂涎欲滴。他遗憾地说，如果不是公司从新加坡撤资，他现在还会待在新加坡。小施带着羡慕的眼神看着小夏又谈工作又谈美食，不禁多问了几句，最好玩和最好吃的在哪里？小施对美食比较感兴趣，平常很能发现隐藏的美食，对于美食的尝鲜冒险程度大过于工作。小施的性格比我们这几个人要保守，又擅长从鸡蛋里挑出骨头，每次谈到兴头正起时，她总能想到一些万一的事情，看来好像和我们格格不入，却又和我们一起东聊西扯，可能是发现美食的本领拉近了我们这几个人的距离。看得出来这几年她的冒险精神隐藏了不少，她不想再遭受职场失意的打击，当初担心我当炮灰，也能理解，一个从事法务工作的人看事情的角度本就和市场不一样。这几年她也很不容易，小心谨慎地照顾好她的那一亩地，如今升上高层做主管，虽然没有比同龄人晋升快，却也能甘之如饴。

小施仍不改语不惊人死不休的问话方式。她问小夏："你在这家公司不是才一年多？你回来不是快三年了吗？剩下一年多人间蒸发啦？"小夏率性地说，从新加坡回到台湾，心一直定不下来，想出去又苦于无机会，常常怨天尤人，总觉得池子太小，格局不大，钓不到大鱼，都快崩溃了。他换了好几份工作，换到连他爸爸妈妈都开始担心这个孩子怎么还在"漂泊"。小夏还说，他当初还自命清高地一个一个换手上的工作，最夸张的是，曾有一份工作当天报到，当天就走人。小梁听得都目瞪口呆。小施语带批评地说："这也太任性了吧，想必你的简历上的经历比谈恋爱还精彩。"小夏摸一摸头，自己倒是愿意承认当时是有些任性。他任性走人后，隔了一个星期去另一家面试，一位面试官给他当头棒喝，说小夏怀有一身绝技，却"漂泊"不定，即使是人才，企业用人也会审慎考虑。小夏说，面试官的最后一句话让他决定不再"漂泊"。小施问："什么话？"我们都眼巴巴地看着他等他说出来。"滚石不生苔！"

这个给他当头棒喝的面试官成了他现在的领导。小夏说他对这一年多的沉淀深有感悟，过于浮躁是无法沉下心来做事的。他感慨自己过去身在福中不知福，回来时嫌格局小、池子小，却忘了他是在这个小池子里积累出实力，才有机会到新加坡一展所长，成为"国际人"。现在他一天当三天在使用，把错过的追回来。公司现在给他一个很好的机会。说到这里小夏故弄玄虚，要我们猜猜是什么。小施不愿意猜，要他尽快说。小夏瞟了她一眼，说他即将到香港去工作，并骄傲地说这次不是换工作，是他的工作能力受到领导肯定，被外派到香港负责私人银行高净值客户财富管理的工作。小夏很认真地看着我说，这一年他很想到大陆发展，没想到我就回来了。我没搭腔，看着他希望他继续说下去。他说手上的项目即将结束，结束后他要趁正青春时，再次拉高视野。“你真考虑好要去了吗？”小施这次问得没有那么煞风景。“怎么？你也心动了吗？”他们俩你一言我一语地斗个没完，有时候把斗嘴当增进友谊。小杜看不下去出来降温，让小施别穷搅和，说她即使再羡慕也不会换一亩田到陌生的城市去耕种。眼前的小夏想出去，小施想留下，我呢？给自己留下了悬念。

我调整了心情，分别和不同的朋友聚会，了解我不在台湾这几年台湾的变化。可听来听去好像没有太大的变化，找不到特别吸引我的地方。朋友说，可能是我的心一直不在台湾，即使再好的机会在我眼前出现，也会让我忽略。我也疑惑是不是忽略了台湾的机会。过了几天，号称有通天本领的猎头知道我离开公司的消息，接连来了好几通电话，有几个台湾和大陆的高管工作希望我考虑。台湾的机会我都放后面再看，对于大陆的机会我比较感兴趣，想知道哪几家企业准备加入电销行列向市场征战。许多企业已经知道电销相较传统销售是轻资本的营销模式，相继受到大型企业的青睐，也意味着我的专业在前景一片看好的市场中是受欢迎的。猎头用三寸不烂之舌说服了我考虑两家大型企业，最后我应允去其中一家面谈。和这家外企通过视讯面谈后，他们进一步希望我能够飞往北京面谈。我犹豫了一会儿，最后彼此各退一步，对方支付我到香港的往返机票，约我在亚太区香港办公室见面。当时还没有开通北京直航，在香港是双方最方便的地方。

我在香港和一位高管面谈，第一次见面沟通甚好，公司总部在北京，工作地点主要会在北京。这位高管表示，电销这个板块是兵家必争之地，他回去会和CEO沟通，如果没问题的话会给我发offer（录用通知书），我收到后希望尽快回复报到的时间。从他的语气可以听出，他希望我能尽快报到，好把电销团队搭建起来。又是“从零到一”的任务，工作地点和内容对我而言没有任何问题，回到想干的广大市场，我比什么都开心，而且又是我的专业，一件我驾轻就熟的工作，我没有任何排斥感。

我回到台北，兴奋的心情逐渐减退，offer在我的热情逐渐消退的时候来到，一时犹豫浮上心头，到底要不要去报到？内心起了一些变化，我在找减退的原因，当初的热情到哪里去了？其实不是家人不支持，也不是我不愿意回去，而是回台湾的这段时间，我和一位在投资界很资深的朋友Kevin见面后，在午后咖啡时光中经过多次交谈，我得以对自己的价值重新定义。同时我也和几位交情甚笃、各自在不同领域拼搏的朋友见面，听到他们创业的故事，发现他们的冒险精神不比我只身到上海来得少，隐隐唤起了我深藏在内心的中学梦想。对于继续打工还是创业，我有了不一样的想法。如果是创业，是需要审慎思考的议题，我不愿贸然下决定，也不能让北京这家公司等太久。几经思考，我为了不耽误他们布局电销的进度，遗憾地婉拒了高管的职务。

不久，小夏到了香港，我选择“暂时”留在台湾。我做出这个决定，身边的朋友又说我任性。至于是不是任性，只有时间才能给我自己一个最好的答案。我遥望那片广大的市场，相信不久的将来，史诗般的电销大战会出现在眼前。

那些优秀的人总是能给你力量

还在上海的时候，我每次回台北只要时间充裕，就会和Kevin在他最喜欢的天母“老树咖啡”见面。他是一位在投资领域成就非凡的成功人士。虽然“老树咖啡”现在不在了，那里的一景一物却仍时常浮现在我的脑海中。他的成就和他的穿着打扮及待人处事反差很大，他平常出现就是穿一件POLO衫、一条牛仔裤和一双休闲鞋，这是他的标准穿着，再加上一个阳光般的招牌笑容。第一次见到他的人以为他是个打工族，有几次我还看到他开着货车在搬物资，要送到偏远山村给贫困的孩童。要不是介绍我们认识的朋友私下告诉我，任谁也不知道他已有几个亿的身家。介绍我们认识的朋友说，这个身价已经是十年前的数据了，以他的投资水平加上通货膨胀，早已不知翻了几番了。

我对于他的创业经验深感兴趣，特别再约他喝咖啡。Kevin创业很多年，同时也是专业投资人。他和多数人一样从打工开始，几年后攒钱开了好几家洗衣店，生意一直都非常好。Kevin总会在忙碌中找消遣，只要有空闲时间就会抱着吉他唱起英文歌自娱自乐一番。他从洗衣店转型到开财富管理公司是一个机缘，他的转型让人叹为观止，也让身边的朋友啧啧称奇。在他开店几年后，店里来了一位外国客人，正好他在店里弹着吉他唱着英文歌，两人很快就用英文交谈了。老外常到店里送洗衣物，成了熟客。Kevin知道老外是某家外企公司常驻台湾的高层，这家公司主要的业务是做投资。当时他们俩都单身，下班以后时间很多，就常常约出来吃饭，还常常一起唱歌，久而久之成了无话不谈的朋友。Kevin对投资很感兴趣，只因是外行，没有主动去接触，也一窍不通。他问老外投资些什么、怎么做投资。他很想知道，也很想学习，于是提出一个建议，Kevin教老外中文，老外教他投资，就这样彼此成为彼此的老师。中间发生了很多有趣的事情，Kevin没有说太多，他发现投资是一个很棒的知识工作。他和老外说，想从劳力工作转型为知识工作，于是这位外国老师传授了不少专业知识给他的台湾学生。老外要调回去之前，特别帮助Kevin成立了财富管理公司，并帮他对接了许多国际金融项目。于是，Kevin大胆地顶让洗衣店，转而从事财富管理的事业。Kevin在台湾踏入财富管理的行业，属于第一批三方理财的元老级人物。Kevin知道我从事金融业，对于干老本行的想法又很强烈，他说几年后大陆的财富管理将蓬勃发展，刚好我回台湾，他可以给我一些帮助，建议我自己创业，为回去做足准备。我们几次见面，几次深谈。几次受他的启发，获得他的提点后，我内心充满感激，对创业更加有信心，这才大胆婉拒电商高管的职位。

接连几天的沉淀，又听了一个比一个精彩的创业故事，除了由衷佩服逆境中的青春，不畏挫折跌倒打击，经过磨砺创造了一番成就外，我还受益匪浅。我后来和几位朋友约见面，其中有几位让我印象深刻，最先见面的是小吴。到了小吴公司，我看他一个接着一个会议地开，忙得不可开交。他好不容易抽身，就赶紧拿着两杯珍珠奶茶走进办公室，我已经在那里等候多时了。他直说不好意思，递给我一杯珍珠奶茶。他说这家是新开的店，他家的奶茶非常好喝，特别请同事下楼买上来的。小吴还是那么拼命，冲进冲出，电话不断。我问他还那么拼啊，他说在竞争的海洋，不拼会被鲨鱼吃掉。他用手画个大圈圈说："你没有看到我身边的这些鲨鱼吗？张牙咧嘴的，好凶猛啊。"

从广告小业务员做起的小吴常开玩笑说，他是在波涛汹涌的大浪中撞到珊瑚礁还能幸存的小业务员，躲过了暗礁，避过了大大小小的鲨鱼，命不该绝被冲上岸，摸索来摸索去，发现创业最适合他。小吴拉广告业务像冲浪手一样胆大，别人不敢承诺的，他都敢；别人不敢包的，他全包。他说这样的冲浪手性格，他的老板都很害怕哪一天公司被他冲垮了。老板老是劝他收敛一点儿，他天生冲劲十足的性格，冲到老板都怕他了。于是他撞上珊瑚礁，老板赔了一笔大钱，险些丢了工作。幸好他躲过了鲨鱼，又被大浪冲上岸，遇到一个大客户，带着也爱冲浪的大客户出来自己创业。幽默的小吴三言两语地说完他那段刺激的冲浪般的创业故事。他说最辛苦难熬的前三年度过了，即使熬过去也不能清闲，做广告的就是劳碌命，哪像金融业都是坐在办公室数钞票。干他们这行竞争太激烈了，他下辈子不做广告，打算搞金融了。

我们聊了很久，兴致很高的他拉着我到餐厅还边吃边聊。这就是急性子的小吴，到哪里都能聊，到哪里都能谈生意。好客的小吴点了满桌的美味佳肴，我们却吃得很少。吴见到谁都能畅所欲言，他说青春拼搏是一种习惯，懒散也是一种习惯，自己当老板如果不拼，市场就会给你炒鱿鱼。他也常说这些话给员工听。小吴现在仍在第一线跑业务，他的拼搏不但是员工的表率，也是客户对他的信任。小吴的阳光性格，遇到挫折总是积极面对。他说挫折就像是电玩里面的怪物一样，打电玩时，一定会想办法将怪物打掉。他说常把挫折当打怪，只要遇到挫折，就想象自己战胜怪物的画面，这样就可以增强他面对挫折的自信心。他幽默地说，不要怕挫折，要让挫折来怕你，那你就所向无敌。小吴的幽默和自愈能力好强，不禁让人佩服。

下午和小谢约在小吴公司楼下的咖啡厅见面。小谢成立了顾问公司，没有什么太激情的创业故事。他是一个足智多谋的领导人，在公司遇见志同道合的青春同仁，各自在工作岗位积累了一定成绩后，充满雄心壮志，想出来拼一把，于是推他出来当头儿，几个兄弟就顺理成章地凑在一起创业。小谢提到，他们创业初始平平淡淡得像喝白开水一样，几个哥们手上都有客户，没有遇到太多挫折。直到最近他才感到身心俱疲。以服务业取胜的台湾，咨询顾问公司如雨后春笋般开张，粥少僧多，竞争越来越激烈。老客户还能够稳定，新客户不容易开发，其中一位最有实力开发新客户的合伙人又想“出走”。他的姐夫在缅甸设厂，姐夫请他到缅甸帮忙。少了这位兄弟虽然暂时不会影响公司业务，但长期下来竞争力是会受到一些影响的。小谢属于守成性格，开发新客户不是他的强项，遇到大环境的竞争和少了同伴的助力，内心还是会感到焦虑。小谢还是会继续做咨询顾问的行业，他说驾轻就熟，不做这行就要去打工，而现在反正饿不死。兄弟们倒是很坚守岗位，希望把最难熬的关头熬过去。小谢义气使然，不会轻易退出。听了小谢的创业故事，他的守成性格让我有所启发。一家企业要获利还是必须要有足够的创收人才的，不能仅靠一两个人就行事。尤其是小企业，主事者要懂得开发客源，那么就不必担心左膀右臂缺失后，一旦面临市场险峻的考验，就得惨遭结束的下场。

小敏是从保险小业务员起家，和很多从外地到台北筑梦的青春朋友相同，吃尽了苦头，也碰了无数的壁。她用一点一滴的汗水堆砌出上千位客户，她的客户数是一般业务员的三倍，可见她是多么努力。因为她是从最基础的意外险做起，所以客户数量累积得比其他人快，也因为销售的是业绩额最小、佣金最少的意外险，她在前面两年都没有积蓄，只能勉强糊口，连拿回家孝敬父母的钱都没有。她依然努力地拜访客户，为成交的意外险客户做服务，第二次销售开发出新的业绩。在第三年她终于崭露头角，上台领奖的名单上终于有了她的名字。小敏谦虚地说，她不聪明，但她可以比其他人努力，勤能补拙，别人一开始可以开发大客户，她做不来，就先从其他人不愿意做的最小的意外险开始，一步一步往前走，总能走到目的地。没想到她辛勤努力地往前走，有了这上千位客户。每逢公司竞赛，她在旧客户中走一圈，三两下就能产生新业绩，客户转介绍更不用愁。

随着客户数越来越多，小敏觉得奖金让公司拿走太多了，索性自己出来开保险经纪人公司，代理一些市场热门的储蓄保险服务。她说现在人们对生活质量要求越来越高，更在意退休后的生活质量，加上现在子女少，养儿防老的观念已经落伍了，还有不少丁克更是要自立自强。她看到客户的需要，专注在储蓄保险的领域。

由于客户数量庞大，大多是打工族，每动用一笔钱几乎都是他们的全部家当，需要比较多的时间做沟通。她说光是服务老客户，每天去见一个客户给他介绍新产品，一年三百六十五天都见不完，哪里还有时间开发新客户？除非是老客户介绍的，她才会安排时间。小敏补充一句，虽然这些是她用勤奋换来的小客户，蚂蚁撼树的力量也是很惊人的。她和先生两个人的客户加起来，确实够他们忙的。小敏很珍惜在竞争激烈的市场里，还能拥有忠实的客户群，好好服务这群客户，可以让他们衣食无缺，还能有积蓄买房。小敏谈到她开心无忧的创业经历。她刚开始创业，第一次当老板不比过去在大公司，小船靠在大船旁边不会迷茫，自己开公司所有的年度月度计划要自己企划，要给跟着出来的几个员工方向。那是她最辛苦难熬的时候，要管每个月的房租、人事、管销的支出，还要管理公司和开发客户，和过去单纯做销售管理完全是两回事。她几度遇到客户投诉，整个人要崩溃了。以前这些都有公司客服顶着，自己只要从中给予协调，出来创业后通通都得她自己来面对。她说刚开始并不知道出来创业会遇到这些事，后来咬牙顶过去，碰到的事情多了，总是咬牙渡过难关，现在遇到什么关都不惧怕，也没有什么过不去的。

小王的创业之路比较辛苦，可说是一路跌跌撞撞。他一直就想当老板，但老板梦却没有那么好做。他在结束自己的公司后，投入一家公司做业务。公司老板因为生意的关系，把企业外移到墨西哥，他也就失业了。

他的太太擅长做广告企划，文案也写得很好，后期和以前做媒体的同事一起合作健康养生事业，前同事出资，由他太太经营管理。小王因为失业，就到太太的公司做业务，由各个渠路推广养身产品。刚开始他们做得不错，后来和出资方的理念不和就分道扬镳了。之后他们夫妻俩自己出来创业，因竞业条款的约束，当初开发的渠道一年内不能碰，生意不如预期，惨淡经营，惨烈收场。

他养精蓄锐一段时间后，又再创业。我们见面的时候是他们的新事业刚起步，经营的方向是健康养生中心，不走过去开发渠道铺货的路线。他说铺货成本太高，他们之前创业烧掉不少钱，没有太多资本可以再烧，改走轻资本的路线。开发客户到他们的健康中心参加养生知识课程和订购养生套餐。小王笑着说，现在的人吃得太好，胖子太多，需要提升养生意识。前期主要还是理念推广，等以后大家的养生意识提高，他们就会通过各个渠道去演讲养生保健课程来招生。半年来，健康中心的会员人数在不断增加，已经快要达到盈利点了。原本大家听他们说先从推广理念开始，还替他们捏了一把汗，不知道是否还会烧钱，没想到已快要盈利了，看来是符合他们的轻资产创业之路。小王擅长演讲招生，太太擅长企划和撰写文案，两人的优势互相结合，做自己熟悉的领域，即使没有雄厚资产，也能走出一条属于自己的创业路。

小王几次遇到挫折都几乎崩溃，还好有他的另一半不断鼓励他，支持他。他常说世界上的伟人和成功的企业家哪个没有遇到过挫折，没有人是一生出来就一帆风顺的，没有遇到挫折就成功怎么会有免疫力？挫折就是提升免疫力。小王每次听到另一半的鼓励，很快就能调整挫折带来的负面情绪。他还会借由运动调节压力，他说健康的身心是有助于调节负面情绪的，做健康养生的他特别有感悟。

小许在青春时就跟着一位上市公司老板做房地产，见过大风大浪，帮老板收购过不少土地，谈判过不少项目，也推过不少楼盘，销量在同行中是名列前茅的。他是我们几个当中最先出来创业的人。创业后，他和几个大型地产商合作的项目也很成功，同时还转投资到医疗领域。他的头脑很灵活，做生意脑筋转得快。他的目标是和之前的地产老板一样，让公司能够上市。经过几番转折，他把医疗公司推上市。他是一个敢做梦的人，做事情劲道很足。小许说快狠准是他的性格，要做就做，不做就不用多说，这样的性格使他交了不少生意上的朋友，也得罪了不少商场上的大佬。

我们是在一个培训课程上认识的，我们也不是商场上往来的朋友，仍能一直保持着友好关系，彼此都感到很不可思议。小许是外形很酷的型男，追求时尚，有出众的品位，内心是个很阳光的年轻人。他刚出来拼搏时，也碰到过不少挫折，跌得遍体鳞伤。虽然小许不愿多说伤到什么程度，他说哪个青春没挫折过，不能因为挫折就忘记青春时怀揣的梦想，没有挫折的梦想根本没保障，太轻易得到，就不会珍惜，会很快从手中溜走，只有遭受过挫折打击，下一次才会谨慎踩下脚下的青春。

一个长辈告诉小许，不如意的事十之八九，不能因为八九的不如意，而放弃一二的机会，机会往往藏在一二里。小许谨记着这句话，在投入房地产的初期，一年一个项目都没有，时常饿着肚子骑着小摩托车去看土地，相信机会就藏在这一二里。台湾的土地出让的不是使用权，而是所有权，很多地主不愿意出售。他们抱持着有土才有财的心情，总是想要留给下一代。小许的“磨功”是一流的，他到种满小花小草的土地附近的人家，找在家养尊处优的老爷爷和老奶奶聊天，东家聊聊，西家串串门子，偶尔还带点儿台中家乡的太阳饼给老爷爷和老奶奶吃。日子久了，老爷爷和老奶奶就把小许当孙子看，也就越来越亲近。他问出了那片种满花花草草的地主的电话和姓——江。小许第一次打电话给住在高雄的江爷爷。江爷爷说：“我的地不卖不卖，哪怕就养蚊子也不卖！”小许第一关就被挡在门外。小许又问老爷爷和老奶奶，江爷爷住在高雄哪里。一位热心的老奶奶说，住在高雄前镇区，他有封信在她这里，她去拿给小许看看。就这样，小许得知了高雄江爷爷的地址，当天就下高雄找江爷爷。当时江爷爷正好从田里采了一大堆菜回家，小许对他来了一番热情的问候。江爷爷还是一样的说词：“我的地不卖不卖，养蚊子也不卖！”然后把小许赶了出去。小许摸黑回台北。过了几天，小许又南下高雄找江爷爷。小许下定决心要把这块土地签下来，这样他就能为公司带进最漂亮的一块地，公司就能造出一个具有代表性的建筑物。

在美好的蓝图中，小许又被江爷爷赶了出去。小许在高雄和台北之间来来回回持续被赶了快二十次。有一次，江爷爷说：“你要青菜吗？我这些青菜送你，你不要再来了。”小许这下开心了，江爷爷和他说的内容换了，那下次是不是会换成愿意签下合同？小许接受江爷爷的好意，带着一大袋的青菜萝卜回台北送给同事，小许成了同事茶余饭后的笑话。小许再次去高雄，江爷爷看到小许问：“你的青菜吃完了是吗？”小许愣了一下说：“还没吃完。”江爷爷训斥道：“没吃完你来做什么？”小许见机往下说，不是来要青菜的，是来和他谈土地的。江爷爷没有理他。小许继续说：“江爷爷你不用卖地，我们地产商想和你一起盖房子。以后你的土地上面会有很大很漂亮的房子，你可以分到很多房子，你的孙子可以住在你的房子里面。你的土地会很兴盛，不但有花花草草，还会有很多新邻居和你的孙子做朋友，这样快乐的景象你喜不喜欢？”江爷爷听小许这样问，把他当孙子般训斥：“你不是在说废话吗？哪个人不喜欢快乐的景象？”小许又听到新的对话内容，很开心地和江爷爷交谈。他们越来越熟悉，小许成了和江爷爷谈天说地的“孙子”。因为江爷爷的孙子中有几个在台北读书，还有两个在国外读书，很难才能见一面，小许用这招攻心为上的策略逐渐获得了江爷爷的接纳。他在江爷爷的这块土地上磨了快两年，终于签下了合同。江爷爷确实分到了很多间房子，土地上多了很多绿地和设施，更加美化了这块土地。如小许说的，他也多了很多邻居。

这个项目能够成功谈下来，是小许相信机会藏在一二里。他遇到困难便转个弯，买不到江爷爷的土地，就应用公司联合建造房子的策略和江爷爷沟通，取得了信任才有了合作。小许终结了有一顿没一顿、每天骑小摩托车找土地的日子，他买了一辆质量还不错的中古汽车，有了一些存款，但他依然努力地找下一块适合造房子的土地。这些经历让他铭记于心，再苦再难，他也要迎着阳光做每一件事，并时时谨记实现梦想的不容易。他还把青春的梦想贴在床头，每天睡前、起床都要看一遍，提醒自己每天都要用阳光积极的态度拥抱每一天。

听着他们努力为自己事业拼搏的青春故事，无论是被大浪打上岸，还是顺势而为，或者是用蚂蚁撼树的力量，或是有越挫越勇的精神，都值得我为他们的青春喝彩。他们创业的辛勤的汗水洒在我梦想的种子上，藏在我内心深处的创业念头悄悄地冒了出来。几位朋友和Kevin都鼓励我创业，他们都一致认为我会做得很出色。在和Kevin交谈多次后，要从哪个领域开始让自己可以攀爬得更高，我心里有了一些轮廓。虽然没有很完整，但是我很明确，这颗种子即将带我爬上另一个高峰，是我回去大陆的一个重要阶梯，尤其是和几位朋友交谈后，这个念头更加强烈。经过无数的黑夜和白天交替，自己内心也变得更强大，我终于攒足了走出解雇低潮的能量。就像小吴说的，不要怕挫折，要让挫折来怕你，你就所向无敌了。

把你的伤痛转换成智慧。

——奥普拉·温弗瑞

Part 7

熬过去，你就是光芒

一番努力拼搏后，公司已有了生气。我庆幸没有因遇到如小石头般的挫折就被绊倒，才能在一连串的挫折背后获得犒赏。

你的坚韧和智慧，会得到人们的“犒赏”

创业的种子在冬天被种下，持续吸取了周围创业朋友的鼓励，犹如吸取大地的养分般迅速壮大。但期待中也有着一些忐忑，回想Kevin曾说我们多幸运，能在有底蕴的财富管理土地上吸取养分。他说我能用在台湾地区积累出的成功经验，可以带着成熟市场的经验回到大陆的广大市场。在不久的将来，大陆财富管理将蓬勃发展，将会再看见我的足迹。他常说我心中想回去的梦想，还说着我有创业格局，只做个专业经理人太可惜了。我认为Kevin除了是个投资高手外，还是个激励大师，时常说出激励人心的话。

终于，办公室也在我心情澎湃的状态下被找到，租赁合同顺利签下，创业的第一笔支出开始发生，办公室装修及请会计师协助做工商登记相继进行。一切就绪后，接下来我就开始启动营运计划招兵买马。

信心满满的我把经营外企的成功经验带到了自己公司。我依样画葫芦，一家公司首先要有人才，生财之前要有开源的大将，可接下来的招聘并没有原先预期的顺利，一一遭受到想要的人才的拒绝。被人拒绝的滋味真不好受，之前我在外企拒绝不合适的面试者有多么爽快，现在看到合适的人才不来就有多么遗憾，那个遗憾还比自己创业难受。这一刻我才理解，当时在全球500强的企业，有那么大的名气背靠，有强大的HR支持着，和一个才在工商登记好的小公司实在是有天壤之别。即使我曾有傲人的成绩和开疆辟土的成功经验，面试者也一点儿都不在意。一个月过去了，只招上一个助理。一次助理在楼梯间讲电话，偶然间让我听到，她和电话另一端的人说，来公司都快一个月了，只有她和一位女老板，这家公司不知道靠不靠谱，下个月不知道能不能领得到钱。我听到这句话，心凉了一半，连助理都不相信我，助理在意的不是我的成功经验，她在意的是能不能领到工资。我一个人坐在办公室感到有些苍凉，看着窗外的车水马龙及行色匆匆的路人，胸口郁闷得说不出话来。招聘的工作并没有停下来，领工资的日子到了，助理领了工资说家里有事，明天不能来上班。我淡定以对，结果第二天她真的没有来，办公室里只剩下我一个人，一眼望去，整个办公室是如此荒凉寂寞。

一天，朋友到公司来找我。他看到空荡荡的办公室里只有我一人，不免多关心几句，关心多了听起来就像是数落。他说我就是喜欢挑难的事情做，在办公室到处走动了一圈，还侧面问我，高大上的专业经理人为什么不干，要来开财富管理公司，一开始就在烧钱，何必呢？要是他早就放弃不干了。我听了不是滋味，不愿搭话，心想，事业还没开始，就来劝我放弃，以前高大上是以前，未来谁说我就不能更高大上了？现在我只遇到一点如小石头般的挫折，就要被绊倒吗？当然不。朋友还在说，我微笑地回了一句："你说话都那么直接的吗？就不怕朋友的心脏受不了？"他顿时有些尴尬。我不是故意要驳斥朋友，我只是在阻止他消磨我努力培养的一点儿自信心。

朋友走了，我依然带着仅存的一点点信心自处。看来过去的成功经验完全派不上用场，五味杂陈的情绪涌上心头，我好几天都感到茶饭不香。再次看着窗外的车水马龙及行色匆匆的路人，我感叹创业这条路没有想象中容易，眼前迷茫笼罩，挥之不去。我突然想到之前在台北的第一个美商公司的同事Jack，自从我去上海发展后，回台湾多次都与他不期而遇。有次遇到Jack，他说已经离开美商公司，转到香港一家财富管理公司担任台湾地区的代表。他还调侃自己说，他在美商公司时就只是个坐在台下看我领奖为我鼓掌的人。后来他转战到香港财富管理公司，把他善于分析的天赋发挥得淋漓尽致。他非常热爱这份工作，首要工作是帮香港财富管理公司开发台湾的渠道。他运用他的专长做渠道培训，讲解国际情势和产品培训，忙得不亦乐乎。我听到他换个地方能如鱼得水，很替他感到高兴。和Jack在同一家公司时，他的为人诚信正直和热心助人常让同事津津乐道，尤其是有计算机方面的专长，帮助不少同事解决了难题。我想到Jack好像有了一线生机，或许我该转换思路，不是只想着招新人，我可以去邀请熟人Jack入伙。

Jack已有一个他热爱又自主的工作，我要怎么吸引他加入一家才刚成立的公司？最近我遭受太多人的拒绝，心里不免有些忐忑，但马上清醒过来，这仅是个挑战，我要如何克服这个挑战？我要如何邀请Jack加入？我决定邀请Jack成为公司的股东，以表示我邀请他的决心。于是我给Jack打电话约见面，告诉Jack我开公司的动机和未来的发展规划，邀请他一起拼搏。Jack婉拒了我，他认为在外面做投资事业是对香港公司不忠诚，他很难说服自己。这第一步我遇到了阻碍，我并没有因此打退堂鼓，我认为这是观念问题。在香港公司任职是为人打工，如同过去我在全球500强的公司工作，仍是在别人的地里种田。现在是在自己的地里种田，收成是自己的。我请他仔细思考，一旦他加入，就是为自己的事业拼搏。我非常诚意地请他加入成为股东，我抱持着一定要和Jack合作的决心，因为在这个领域他比我有经验。他在香港和台湾两地兼顾，对国际金融和产品培训都很熟悉。我需要借助他的强项，一定要有比我强的人才加入公司，尤其是一家新创立的公司，同时我们彼此各有强项，能够优劣互补。我怎么想都觉得Jack比原先面试合格的人选强多了，资质完全不一样，可以加速新公司发展的进度。

我在这头期待他加入，Jack在那头思考要不要加入，等待的时间总让人感到特别漫长。两天后，Jack给我打电话，我几乎屏息着听他的声音。他在电话中告诉我，他对我的领导管理力和市场开发能力完全信任，他很心动可以和我合作，可以有自己的事业，不再是打工者，但他过不了自己那一关，他觉得这么做对他香港的公司不忠诚，他无法接受我的邀请。我不愿就此放弃，我约他出来聊聊，我说合不合作没关系，见面聊聊，说不定我们能够找到更合适的合作方式。Jack不认为有其他合适的方式，不过他应允见面。

我们见面后，我再次提及邀请他加入公司的决心。我说了一句话打动了他。我说："如果我还在上海这家外企，难道我不能投资其他家公司的股票吗？你能不能把我当作是一支绩优股，把小部分资金投资在我身上，当赚钱的时候，你就领取股东该有的利润。"Jack在思考，我接着说："如果我投资股票赚钱，让我不需要在外企工作，难道我不能辞职吗？”Jack继续不语地思考，我从他的肢体动作看出他有一些被我打动。我问Jack：“假如有一支绩优股，日后能给你每年配股配息，你现在有钱，愿意投资吗？”Jack回答：“当然愿意！”Jack回答时眼睛发亮，我们在同一家公司当同事时，他对投资就很感兴趣，所以他才会转战到香港财富管理公司。那一刻，我谈到他感兴趣的点，我乘胜追击，自信地看着Jack说：“相信我，我就是那支绩优股，我会让你赚到很多钱，你在国际金融和众多产品培训的经验比我强，我们合作并分工。我负责管理公司和市场开发，你负责专业知识和产品培训，这样的组合很快就能让公司赚钱。”Jack紧接着说：“怎能让你做市场开发？”我回答他，公司刚起步，什么都得兼顾。Jack又问：“就我们两人吗？”我心里稍感喜悦，他连问两个问题，他会问就代表他动心了。我自信地回答他：“当然不是，我们必须找到下一位领导人才加入，要有将再有兵，这位人才就是我们财富管理事业部的副总。”我告诉Jack，公司刚成立，一切很简单，我愿意将多比例的股权划分给他。Jack听了很感动且开心，他说没有想到我有这番气度和格局。既然确定，我要尽快动起来，便说：“你这星期什么时候搬进来一起办公？我什么时候请会计师把股权划分给你？”我又在屏息等他回答。当问Jack问题时，只要他对这个问题认真，他就不会立刻回答，他会沉思一会儿。他思考了一会儿说：“明天！”我把屏住的气吐了出来，露出笑容，伸出右手，他也伸出右手。我用诚挚的眼神看着Jack偌大的双眼说：“欢迎你的加入，我们一定会成功！”Jack说，他相信我的能力，一定会成功！几天后，Jack把许多个人用习惯了的办公用品和书籍先搬进公司。我内心那种熟悉的自信心再次升起，过去只要这种感觉一出现，欢喜收割的日子都不会让我等太久。几天后，会计师帮我们办理了部分股权转让，Jack正式成为我的合伙人。Jack很不容易才使香港公司同意逐步交接，因此初期他还得兼顾香港公司的工作。

接下来我们讨论事业部副总的人选是要招聘还是从我们的人脉圈中寻找。人的思想很奇妙，注意力在哪里，机会就在哪里。我告诉Jack，我之前参加培训时认识一位助教，他在金融业资历很深，人脉很好，又有影响力，我可以和他联系谈谈。我很快就约到了这位助教V。我和V沟通后很快就取得共识，会那么快，很大部分是旧识的缘故。V也在原本的工作中遇到了瓶颈，正在寻找新的机会，他也很快同意一起合作了。我欣喜若狂，事情越来越顺利了，接下来就是欢喜收割了。

连续一个星期，身为副总的V都坐在办公室，忙碌地处理着计算机里的文件，哪儿都没去。我感到不对劲，当初沟通好的计划怎么完全没有开展？我再观察了他一个星期，他仅出去两次，回来后还是没有清晰的工作内容。我感到疑惑，这个人到底是怎么回事？和我过去认识的完全不一样。我请Jack和他聊聊。Jack约他出去抽烟，有技巧地旁敲侧击地聊，Jack问出了一点端倪。这位V副总在等一个房地产公司的工作机会，他来这里是“帮忙”的。Jack不解，我们要找的人不是来短暂“帮忙”的，既然是旧识，怎会有这样的想法？Jack对背后的问题深感疑惑，于是他向我要了V原先公司的电话，想了解他是多久以前离职的。Jack打过去了解到，V不在这家公司已经很久了，和V说的刚离开差别很大，还说有其他原因。我们感到很震惊，怎么会在熟识的人脉圈撒那么大的谎，而且还那么不成熟，在办公室的表现很异常。Jack和V进行沟通，表示我们是在很认真地做这份事业，如果他有其他机会，彼此不要耽误对方，我们不追究，请他离开公司。

由于我没有找到合适的人选，心里有些失落。很快我就收拾起那份失落感，因为我没有时间忧伤，我立刻走到Jack的办公室。他正站起来，他说正要到我办公室找我，他也快速收拾起了失落感，正在思考下一位合适的人选。我看着他，他看着我，我们几乎异口同声地说出一个人的名字——Y。“天哪！未免太巧了吧？”我不可思议地说。那一刻我心想，既然我们那么默契地想到他，这个人可能是对的。于是Jack提议我给这位我们以前在美商公司的同事Y打电话，约他见面聊聊。Y当时是经理，我和Jack还是个小业务员。Jack建议我来打电话的原因是，我离开那家公司后，我的成就比Y高，由我来打比较合适。Jack的建议虽中肯，我倒不是这么想的。当时我和Y经理很谈得来，我请教了他很多关于开展业务的事情。Y性格幽默，热心助人，博学多闻，也就成了我求助咨询的对象。联系上了Y，得知他在美商公司受到不公平待遇，被迫离开，那时他已经有了三个小孩。为了生活，他到了另一家公司。我听到都惊呆了，我当时认识的Y是那么优秀，在经理组常常榜上有名，公司怎么会倒过来“弃帅保车”呢？后来才知道他带出来的徒弟更厉害，Y当时的徒弟也是我比拼业绩的对象，没想到把师父给“干掉了”。以前Y带领那么大的团队，而且还晋升大区经理，离开时形单影只，令人不胜唏嘘。

Y到新单位也很多年了，原本意气风发的他少了那份杀气，新的单位让他感到仅是打了一份工，赚钱度日子，不如在美商公司内部有创业的机会。因此Y不愿意招纳人才，也不愿意像过去那般培养人才，可说是一朝被蛇咬，十年怕井绳。不过他仍不忘找合适的机会。我们沟通起来十分合拍，Y很快就加入了我们。行动力强是他的特质，开发市场和人才招纳都是他的强项，Y自有一套与人交际的手腕，很投入地在执行计划。开会时，我多次发现Y的眼神有些不稳定，少了那份杀气不说，这可能是还没找到对的销售机会。我疑惑的是，他不稳定的眼神不是没有自信那一种，而是有份对人的不信任。我和Jack说了我的发现，Jack说他也发现了，我认为这样下去对双方都不好，还是请Jack进行了沟通。Jack带回来的答案是，过去的阴影还烙印在他的心中，信任对他是一个很难跨过的门槛。我听了感到遗憾，那么有能力的青春就让一个挫折终结了所有希望和机会吗？金融业是一个极需要信任的行业，眼神中流露出不信任，对做什么行业都是阻碍。Jack和我达成共识，愿意帮忙Y，希望通过我们的帮忙，让他找回自信和那原本就有的惊人爆发力。但最后遗憾的结果表明，一颗没有梦想的心，在上面灌溉任何决心都是枉然。我们最后决定放手，合作到此结束。

Jack觉得寻找合适的人才很难，我默默不语。Jack不知道在他加入之前，我被多少人才拒绝，这才两位而已，我必须翻牌，翻到下一位更合适的人才，同时我必须要有区别于过去的方式。我灵机一动，上网搜寻做得好又富有专业水准的金融人才。过去我面试的人或是V和Y都需要进行一些培训，从而把他们的视野再拉高一些。我和Jack说，我要找更好的。他吓了一跳，这两位都是业务大将，都不行了，更好的去哪里找？我说在互联网上找，他惊呆了。Jack的关键词搜寻很厉害，我给他关键条件，请他帮我搜寻。他果真很快地搜寻到了我要的人才，他说有两个符合我的要求，一位在台北，一位在高雄。我请Jack把电话和单位给我。我写了脚本后，念了三次就立马打电话，很快就约了他们出来见面。台北的人才在投信行业担任高管，要他离开金饭碗不容易，而我们经过时间的淬炼，成了很谈得来的朋友。高雄的人才除了符合我的条件外，他还是公开课程的讲师，并且有固定招生单位帮他招生、请他讲课，也形成了潜在的客户资源。我告诉Jack，这个人我要定了。我们南下高雄，Jack已经很习惯我雷厉风行的性格了。助理还没找到，他充当助理订高铁票，我们搭乘高铁赴约。出发之前，我告诉Jack，我们花那么多钱那么多时间南下到高雄，最好的回报就是谈下这位人才，让他加入我们。Jack最擅长敲边鼓，他说有我一切就搞定了。

我们到了高雄见到了Andy，彼此欢快地打招呼。他是个浓眉大眼、皮肤黝黑、性格耿直的人。我在电话中听过他爽朗的笑声和谈话的方式，和我所勾勒的模样差异不大。我带着必定要合作的决心谈判，我不是用招聘的心态谈话。Andy是银行理财贵宾室的领导，刚离开银行不久，打算趁青春出来拼搏一番。他离开银行之前早已做足了准备，积累了不少资源及整合有银行理财背景的团队一起发展国际金融。他说银行的产品太单一，他手上有不少客户需要资产配置，他看到整个形势对他有利，想放手一搏，就大胆离开人人羡煞的银行工作，而且工作地点还是理财贵宾室。贵宾室的客户大多是手上有钱在找好的投资项目，那么巧就接到我的电话。他说不一定合作，但是可以谈谈看。我一听到可以谈谈看，就认为有希望，因为他还没有定下来。我内心那股熟悉的自信心依然在，我要让这次谈判欢喜收割，在高雄成立分公司，让Andy等近二十位青春朋友一同拼搏。我真诚地表明这一趟到高雄的目的，彼此开门见山地交谈对市场的看法以及未来的发展策略。经过一下午的沟通，到了傍晚即将返回台北那一刻，我的直觉告诉我，我们有机会合作。回程路上，Jack说他也有同样的感受。我必须做好充分的准备，于是我重新回顾交谈中，Andy最重视的是哪些，做足了笔记。

很快我们又约定了见面时间，我和Jack再次南下高雄，依然不拐弯抹角，直接阐明双方的共识点以及尚未达成共识的有哪些，一一罗列下来，一一沟通。Andy做事果决明快，我掌握他的节奏，快慢交替地进行交谈。最后我们达成共识，办公地点在高雄最高的大楼——85大楼，Andy正式成为高雄分公司副总。公司创立的第三个月，Andy加入，第四个月后业绩喷井式爆发。期间Jack南下高雄做了充分的培训，加上团队素质相近，因此高雄业绩好是可以期待的。

台北的业务发展速度在高雄分公司成立后相应做了些调整，台北的主力放在招聘行政人员来支持高雄的业务上，当时还聘用了一位台湾大学毕业的香港人才。我很感谢当初不信任我的助理领了工资就离开，才有机会让这位优秀的助理Helen加入我的公司。她很聪明只是缺乏历练，我给予她很多机会让她磨炼，提升行政管理的能力。培训了一段时间后，Helen的能力大大提升，帮助我完成了很多行政事务的工作，她的工作内容已超过助理秘书所及的范围，相当于半个执行助理。英语流利的她，也让我与香港及海外的沟通变得更加顺畅。顺畅的背后，我不免想起创业开门第一天的孤独。一番努力拼搏后，公司已有了生气。我庆幸没有因遇到如小石头般的挫折就被绊倒，才能在一连串的挫折背后获得犒赏。

除了勤奋，更要敢做啃硬骨头的人

一个阳光明媚的午后，我坐在办公室的沙发上凝神思考，像大伯和三舅舅这样的高净值人士最在意的是什么？大伯和三舅舅拥有那么多的房地产，想必现金也不少吧？那势必也要缴纳不少的房地产税，现金所产生的利息也须和所得税合并申报，要被课征的税赋比率必然不低，他们有节税吗？我不敢去问大伯，自从大伯误解我后，都还没让我跟他说过话。叶秀锦诈骗爸爸的房子，她虽已受到法律制裁进了牢房，但被大伯误解，使我仍不敢贸然行事。三舅舅对我疼爱有加，我也不敢躁进。在我的成长中，大伯和三舅舅有如富爸爸般影响着我，金钱对于他们是一个很敏感的话题，索性还是别问了，以免再次产生误会。这些有钱人钱太多难道不会有困扰吗？我思考了一下午，看到书柜上罗伯特的《富爸爸穷爸爸》系列书籍，我想起之前他在书中提到的税是有钱人的梦魇，有钱人担心的不是理财问题，是钱太多所引发的税的问题。当时台湾的遗产税和赠与税高达50%，可说是高税赋的地区。于是我的思绪在这么高的税赋上打转，这些高净值人群过去辛苦拼搏赚来的财富，如果未经妥善的规划和合法节税，那么辛苦拼搏得来的一半资产将在他的名下消失，不归他所有，难道他们乐意让这样的事情发生吗？后又在网上查询了许多未经合法规划节税的案例，我惊觉原来不是所有的有钱人都知道该如何节税的。从另一个角度思考，如果我有这方面的专业知识，不就能够帮有钱人解决钱太多所带来的烦恼了吗？如果我有这方面的专业知识，那么我的大客户又在哪里？

这些思绪不停歇，一连串的自我问答在头脑里翻腾。一缕阳光从窗外斜角照射进来，办公室的水晶洞显得更晶亮。那一瞬间，有趣的事情又发生了，Helen进我办公室告诉我，帮我们进行工商登记的会计师事务所即将要开“境外公司与私人银行财富规划研习”的培训课程，给了我们一个优惠名额，问我是否参加。对于正在思考提升自身专业水平的我，这正是符合我需求的课程，便让Helen立刻帮我报班。这不禁又让我发觉一个人的注意力在哪里，成就就会在哪里，我的注意力能帮我找到新的客户资源。这门课程打开了我另一个学习窗口和思考格局，我不再停留在一件事情做好及完成目标的范畴里，而是把思维升级到有钱人所关注的点上。培训结束，我真是受益匪浅，接连报了相关的班。原来境外公司的多元功能对有钱人有那么多的好处，不但可以做交易，还可以避税避险，以及做隐性的规划和作为财富传承的工具，私人银行更是有钱人必要的私人财富管家。

公司在台北的业务一直还没启动，我还在寻找合适的下一位如Andy般的人才。那一刻，我决定台北的业务是服务大客户，高雄依然维持服务一般性客户，这也是高雄理财师所擅长服务的族群。

我和Jack提出我的想法，要在租税规划和私人银行领域深耕。Jack感到震惊，我可以在这么短的时间掌握到财富管理中最肥美的那一块，是最肥美却也是最不容易切入的市场，毕竟有钱人的大门不容易被敲开。我非常理解Jack所说的，就是不容易打开我们才有了机会，人人都能打开，那就轮不到我们了。Jack对于我惯有的逆向思考的思维角度竖起大拇指，他问我怎么开始。我说暂时还没有答案，我想很快会有的，让我思考几天。Jack接着提到，过去他曾经参加过高雄的一位黄老师的有关有钱人节税的培训课程，稍有一些经验。他后面没有专注于对高净值人群的需求做服务，是碍于当时有钱人的市场难开发，也因此才有机会接触香港财富管理业务，较容易开发的是金、白领阶层的人群。我认真地听了Jack所说的话，立刻撷取出“有钱人的市场难开发”这几个字，这几个字有如电影字幕般地出现在眼前。我有所感悟，有钱人不是开发来的，是相处来的。自我问问题的习惯又上来了，我该去哪里和一群有钱人相处？让他们认识我并知道我的专业？当然，我必须要快速提升这方面的专业水平。

我一想到我即将和同业产生巨大的差异，就特别开心。我不担心客户在哪里，我只要关心我的定位在哪里，我决定要为有钱人提供服务，我该思考的是有钱人关注的是什么。当我够了解他们所重视的，当我出现在他们面前，我们的磁场就自然相近。况且我是高级经理人，拥有高所得，已具备自信的气场。我以前听过这样一句话，“你想认识什么样的人，就在那里出现。”从这时起，我时常翻阅有关有钱人的书籍和杂志，我要在短时间内提升专业水平，以及建立一条龙服务的专业团队。我提升圈层，积极参加高净值人群的社群，整合了知名的会计师和律师，以及培养了一支国际财务策划师的专业团队，可以说是业界唯一有这样素质的团队。我和Jack分工，我负责服务于高净值客户的需求，Jack负责带领律师和会计师帮客户做财务规划。我们的分工及合作，默契得连几位熟识我们的私人银行董事都欣羡不已。我们在很短的时间内就做出了成绩，服务几位高净值客户相当于同业做一年的绩效。我们没有因此感到骄傲，反而更谦虚地学习更多的专业知识。

一位香港持牌人曾经问我，我和Jack为什么可以那么有默契、那么有效率地完成许多让人感到不可思议的事。我想了一会儿，真不知道如何回答他。这个问题我们俩都没有想过，我们就是那么自然地彼此分工，彼此知道各自的优势在哪里，我们的合作是优劣互补。工作上和谐得就像是弹奏自己擅长的乐器，不去挑谁的毛病，彼此不去计较谁做得多，谁做得少。想来想去，最后我想到了这几个字，“感恩和信任”。我们互相感恩对方的付出，我们互相信任彼此做的决定，即使我们曾经也做出过错误的决策，但我们都深信所有的决策都是善意的，都是为公司好。如果有错误，我们会很用心地去思考如何改进，下次不在同一个地方犯错。我认为“感恩和信任”是我们高效合作的基石。这位香港持牌人说，这看似简单的几个字，要做到很不容易。事实上，我和Jack没有刻意要去做他说的很不容易的事，我们是发自内心地信任对方。我想这是老天送给我们藏在内心本来具有的品质。

学会拒绝，少即是多

自从决定超越过去，升级为高净值客户服务后，来公司拜访我的朋友越来越多了。其中有几位是同行，还有几位是专业的会计师，他们希望有交流合作的机会。毕竟高净值客户大多是企业主，除了在资产配置上需要申请境外公司外，更是少不了把会计账务委托给专业会计师处理。不少朋友说我运气很好，回到台湾就能够踏进高净值客户的财富管理板块，这是很多人望尘莫及的领域，发展起来想必有很多业务需要更多的资源注入，问我有没有什么地方让他们可以尽一点绵薄之力。通常听到这里，我必然恭敬地说声谢谢，心中很感谢上天给我的机会和身边朋友给予的帮助，抱持感恩有今天的态度，真心接纳朋友要给予“一点绵薄之力”的好意，很认真地了解以及和Jack讨论可以纳入哪些资源。

经过一段时间后，我发现自己乱了脚步，Jack也发现我们太过疲于奔命。资源太多，我们应付不来，获利也并没有像当初专注时来得多。经过反思和自我分析后，我发现“拒绝”对我们这种感恩型性格的人是一件考验。我们总认为我们有今天就要给予回馈，却疏忽了自己最熟悉的领域。实际执行后，真正的原因是做“加法”容易，做“减法”难。我们也发现，回馈不是照单全收，回馈是做自己有能力做的事。我们开始做“减法”，把没有获利的项目砍掉，刚开始真的很痛，毕竟也投入了成本，也对朋友感到抱歉。但最后总结，没有做好反而对朋友更抱歉，更是对辛苦拼搏的成绩抱歉。在创业有点成绩后，我们忘了一开始走过的艰辛路，忘了当初专注才能有一些让人羡慕的成绩。对这件事情我做了深刻的反思，专注是青春拼搏上重要的课程。唯有专注，才能使自己从优秀到卓越，从A到A+，想要样样通，结果样样松，一次经验的洗礼，让我们更深刻地体会到专注的力量。也因此，我们更加要自我鞭策，不会任意做“加法”，能有智慧地运用“减法”才会让自己发光。

一天，我坐在办公室里想着，我何其有幸，初期能够服务金、白领的客户，有一定成绩后，可以升级服务高净值客户。在实际服务高净值人群后，我从经验中领略了高净值客户无论是想法还是投资策略都和一般客户有很大差异。确实，有钱人想的和一般人不一样，如果我能将有钱人的投资策略总结出来，那么是不是可以帮助很多打工族提升投资理财的能力呢？想着想着，我走到Helen面前和她说了我的想法。我想写书，告诉更多读者——有钱人是如何理财的，这样不就能够让打工族学到有钱人的赚钱智慧了吗？Helen听我说完，脑子灵活的她想了一下说，现在不认识出版社，要不要先写个财经专栏？我说好啊，我们认识媒体吗？她说不认识。我们彼此看了一下笑了笑，那个笑容只有我们两个懂。

我回到办公室继续做我的事情，而开财经专栏的想法并没有因为我们的微笑而停止。Helen和我达成了共识，她知道我的习惯，知道我在“酝酿”好事。过了几天，可以说是无巧不成书，Helen之前的同事到了台湾某知名媒体《联合报》工作。机灵的Helen找机会问开理财专栏的事，在她之前的同事的帮忙下，我很顺利地在《联合报》开辟了理财专栏，定期投稿写理财文章。逐渐地，我的文章受到很多关注。对于写书，我们也在忙碌之余闲谈这件事。Helen说，我们先写个企划案投递给出版社。我告诉她，写企划案太慢了，我们运用“吸引力法则”比较快。她露出甜美的春天般的笑容说，好吧！我们就来运用“吸星大法”。

第二次无巧不成书的事情又发生了。一天下午，贺学长打电话祝贺我，说我上个月在羽白举办的华人学习型组织论坛上，分享的我在学习型组织上的见闻与成长的内容很棒。贺学长永远是带着正能量给身边的人以温暖和鼓舞，我们每次总能畅所欲言地分享关于五项修炼的学习型组织的所学所用。对于在体制内工作的贺学长来说，能保持炽热的学习态度，他和其他人真是不一样，我对他一直抱持着敬重的心。过去，我们都各自报班参加五项修炼系统化的培训，这一次有了在论坛两天学习的基础，彼此交谈的内容更深入。我们深感彼得·圣吉能够写出这么有深度的《第五项修炼》真是了不起。

这是一门很深奥的培训课程，羽白刘兆岩老师在五项修炼中的教学投入，以及国内辅导企业落地已超过十几二十年的光景了。这么有使命感的前辈，让我们俩敬佩不已。在学习五项修炼时，我们谈到近况，谈到未来，我也谈起自从帮高净值客户做财富管理好资产配置后，发现有钱人想的和一般人很不一样，很想通过系统地总结，把实务经验写成书，帮助众多的打工族在投资理财上学习到有钱人的投资智慧。因为如果没有亲身接触这些人，一般人是无法得知的，我想要把这个投资秘学公布出来。贺学长听到后大说好。他认可我的初心，很支持我把难得的实务经验系统化地总结出来。贺学长说他认识台湾最大的财经出版社的主编，他可以帮我介绍。

没过几天，我就接到了一位做畅销书翻译的朋友秀娟的电话。我们聊的话题是行动学习。热爱学习的我们总是有聊不完的话题，她说最近她翻译了什么书，她的收获如何如何。我听得津津有味，聊着聊着，就把想出书的想法和她说。她说太好了，她帮我介绍出版社，我这本书一定会大卖，市面上很少有与高净值人群的实务投资理财经验相关的书籍。秀娟不说，我都忘了她是翻译了好几本畅销书的人，她认识的出版社都能排上前三名。我就这么顺利地和秀娟介绍的出版社的人见面了，对方想要尽快和我签下合同。

回到办公室，贺学长介绍的出版社的领导正好给我打电话约见面，约好隔天在我的办公室见面。这位主编的口才太厉害了，把他们的出版社发行过哪些厉害作家的书说给我听，告诉我他们发行书的实力和书的销量有多强，还告诉我美国的财富教练罗伯特的《富爸爸穷爸爸》系列书就是他们发行的，《我11岁，就很有钱》的欧洲的财富教练博多·舍费尔的多本书也是他们发行的。“你是高净值客户口中的财富教练，没道理亚洲的财富教练要在其他家出版社发行书籍啊！”让她这么一说，我连拒绝的机会都没有。她来不但带着合同来，还说他们老板已经上网搜寻了我在《联合报》上的文章和照片。她告诉我今天的任务是要把作者签回去，我在他们出版社发行书，肯定会成为财经畅销书作家。这位主编真是做足了准备，我如果说不，就好像是不愿意成为畅销书作家。那一刻，我被她说服了，她当即留下了合同样本给我看，她说正式版本法务会发到我的邮箱。隔天，另一家媒体约了时间来拜访我，我很震惊他怎知道我有出书计划的。问了半天，他打死也不肯说，他说他们是媒体，本领很大，把我说得毛骨悚然，一点儿安全感都没有。他笑着说，本来打电话要约时间来采访我，说谈谈有钱人怎么投资理财，当时可能是我的秘书接的，以为他是上次接洽的出版社，经过稍微询问后，知道我有出书的计划。他又笑着说："你知道媒体问话很厉害的，一点点蛛丝马迹就能够掌握到多面信息，你不要怪罪你的秘书，你的秘书应对得很好。"这位总编生怕送走他之后，我会怪罪Helen或是其他接电话的同事。原来这家媒体还有一家出版社。总编笑着说，今天是来抢作者的。他知道我已与出版社接洽，他是用着抢头版的精神来抢作者的，说了他的媒体资源可以让我的书多么畅销，也邀请我在他们的杂志写财经专栏。我心想，写财经专栏遇上发行书的计划，暂时可能写不动了。我仍谦虚地继续听总编谈他们的媒体资源和发行量，也很感谢总编特别前来邀稿。

最后，我答应和发行《富爸爸穷爸爸》及《我11岁，就很有钱》的高宝出版社签合同，对于其他两家我深感抱歉，期待未来有机会合作。后来我接受第三家媒体的采访，听说他们那一期销量非常好，我与有荣焉。之后几次采访邀请，我仍乐意接受。我和高宝合作的书在第一季度签合同，他们预计在第二季度末或是第三季度初发行，希望我快马加鞭地写稿。原本工作量就不小的我，这个愿望实现得太快，像是一阵大风快速刮过，还来不及抬头欢喜庆贺，就立刻低头写稿。白天工作，晚上写稿，每天马不停蹄，最后如期如质交稿，我的新书《有钱人都是这样买基金》顺利发行。如高宝出版社主编所言，我的书很快冲上排行榜前十名、前五名、前三名、第二名、第一名。不久，台湾第一品牌财经杂志《今周刊》来采访，紧接着多家媒体到访。我的曝光量一夕之间翻了好几倍，有多家财经电视台邀请我担任理财专家上节目，谈谈有钱人如何节税，做财富规划。这一切我没有在生活中彩排过，却曾在心中多次预演。我想有一天可以有这样的成绩，上天听到我的请求，先给我一些试炼，给我一些挫折考验我的决心，看看我是否有决心要超越过去；在我感到迷茫时考验我的心智，看看我是否有毅力持续前行。

朋友说我很幸运，一开始创业就那么顺利，能在高雄成立分公司，并且分公司有领导有团队，又在很短的时间内切入高净值人群做财富管理，还能成为财经专栏作家、畅销书作家等。我没有否定朋友说的我很幸运。是的，我也觉得我很幸运，勇敢挥泪登机，在对岸隐忍对家人的思念，忍受一个人的孤独；我很幸运忍受被解雇，想再次从谷底爬上来的痛苦，尝尽卷土重来的磨砺；我很幸运被解雇时没有任信心湮灭，不怕挫折持续去敲门、持续去造访；我很幸运，创业初始，没有因被无数的人才拒绝而灰心；我很幸运，创业初始，连续找的事业部老总都不合适，我的信心没有被击溃；我很幸运，创业初始，没有被朋友的讥讽冷冻；我很幸运，不断地遭到挫折打击，信心都没有溃散；我很幸运，Jack一开始拒绝我，后来加入成为公司最信任的股东；我很幸运，熬得过高净值客户无数次泼我冷水的辛酸；我很幸运，有决心和毅力坚持到底继续翻牌，翻到正要带着团队找志同道合公司合作的Andy；我很幸运，高雄分公司所服务的是一般的金、白领客户，让我开始思考如何升级做大客户；我很幸运，持续不断地学习，认识那么多对我有帮助的人。我深有体会，幸运的背后是无数挫折的堆积，幸运的背后是为无数的挫折吞泪。人们常说99%的努力是为了那1%的机会，我何尝不是默默地为99%在努力。

你的心灵常常是战场。在这个战场上，你的理性与判断和你的热情与嗜欲开战。

——纪伯伦

Part 8

相信自己，
世界不会辜负努力的你

朋友曾经问我，在青春路上让我重新选择，我的选择会是什么？我的答案是，我依然会选择创业，也依然会创立公益性组织。

时间永远不会辜负努力的人

在拼搏挥汗的路上，很多人的青春会发生一些有趣的插曲，我也不例外。这个插曲为我谱上一曲激励又盘旋而上的变奏旋律。一次，我受邀参加一个活动。在那一次活动上我认识了Roger，他以国际项目管理师协会理事长的身份受邀参加。我当时不知道Roger在PMP上有宏伟的志业，我们在紧凑的活动中，利用休息时间互相认识，第一次见面就相谈甚欢。不过各自回到工作岗位后，我们并没有再联系。不久，我收到了一封主题很特殊的邮件："Roger三年志业的重要里程碑，邀请黄总参加高度影响力公关PMP培训。"我感到很不可思议，"PMP国际项目管理师"，有点儿熟悉的字眼，我在青春拼搏时，不是曾觉得小雪拥有国际项目管理师资格证是很酷的事吗？我常听小雪谈到在管理上能拥有一张国际知名资格证是一件很荣耀的事，还听小雪说，PMP在全世界最热门资格证中排名第四。当时我还想，有一天我也要去考一张PMP，提升专业管理素质。当时只是抱持羡慕的眼光想想而已，没想到现在真收到了“高度影响力公关PMP培训”的邮件，我带着惊讶的心情点开来看。邮件里面写到，“三年内无偿培养一千位高级PMP，拥有国际竞争力为志业的重要里程碑”。原来我符合Roger志业里程碑中无偿培养的一千位高级PMP的条件。他的志业要求门槛还挺高的，我认真看了：

1.媒体人（平面、电子、广播）。

2.大学教授：大学副教授以上老师教授项目管理课程。

3.企业高层主管（管理幅度需>一千人以上主管）或上市上柜公司董事长或总经理。

……

我感到非常好奇，在众多人都在为自己的钱包拼搏时，Roger却为着志业拼搏。看到这个机会我没有立刻报班参加，公关名额可以免去三十五个小时的培训费用，一旦完成培训参加考试，我只要缴纳139美元的年费和405美元的考试费用。虽然邮件上写明了Roger三年志业的初心，我仍很想给Roger打电话，听听他是在什么情况下立下三年无偿培养一千位高级PMP的志业的。

电话响起，话筒那端传来的是如第一次认识时那般热情的声音。我还没开始提，Roger就先说起，问我是不是收到了他发来的邮件，就这样我们聊了起来。他说着创立公司初衷的目标，要以培养更多优秀人才取得PMP为使命。当时他在五年内已培养了超过半数的PMP，还计划将台湾地区的PMP人数推升至前列。在达成创造PMP的人数达世界第七名后，他希望下一个志业能够帮助更多优秀人才提升竞争力，将PMP由“质变”转化为“实体”竞争力。所以，他才会很有使命感地提出，要在三年内无偿培养一千位高级PMP。他还说，我服务的是高净值人群，他的志业非常需要我共同参与。

Roger的使命感打动了我。这项公关免费培训名额也不是滥用的，除高门槛及严格审查外，他在公司高层订了一个规则，必须要缴纳免费培训的保证金，考取后无偿退回，而且没有期限，无偿辅导到考上为止。他这么说，又让我感动了一次。Roger说，这是他重要的里程碑，要邀请有意愿共同提升竞争力、有决心的、和有着舍我其谁气魄的一千位有深度影响力的人士。

我报名PMP培训后，和Roger的联系更密切，聊的话题更广了，从他打工时期聊到他的志业。原来他在创业之前在全世界最大的封装IC日月光上市公司担任过顾问，一开始只是个技术工程师，因表现优异，在第十个月晋升为主任。Roger说，这样的职位在这家公司一般要工作五年以上的人才能担任。他在担任主任两三年后发现管理的范畴越来越大，自己的管理能力遇到了瓶颈，已经没有办法掌握，于是兴起了去进修EMBA（高级管理人员工商管理硕士）的念头。当时，他是成功大学开办的第一届EMBA学生。最早期的学生都是事业有成的企业家，第一届的EMBA的同学们的年纪相对较大，Roger成了全班最年轻的一位，年仅二十七岁，他的论文是知识管理方面的。他正想学以致用，便在公司成立知识管理中心，帮助公司推动知识管理。个性积极的Roger，集合了众多的首席知识官①，共同把知识管理的制度标准化，还出了本书——《全球华人知

① 首席知识官（Chief Knowledge Officer, CKO）是知识经济时代的新型职位。由于知识已经成为和资本齐驱并驾的要素，成为企业最重要的经营资源，所以有效地取得、发展、整合知识，成为企业经营上的紧要任务。为此，企业设立了这种新型的职位。

识管理推动实务》。在这个知识管理的办公室里，他每天都在帮公司推动知识管理的制度，三年如一日，每天推，大概推了一百多个项目。推完之后，领导觉得Roger的项目都做完了，把他调到另一个部门，晋升为高管。当时，Roger感到调到另一个部门，没有留下好的纪录或里程碑很可惜，也因为工作每天都在做项目管理，想到不如去考一张PMP国际项目管理师的资格证，就这么跟PMP结缘了。

我有如记者采访般，一个个疑问不停地问，两个人也很乐意分享青春拼搏中的经历。Roger把PMP资格证考回来后，领导派他到另一个部门做两个超大型项目。第一个项目是在一个月之内，要让这家公司所有人的思想发生改变。这家公司有一万六千人，这是一件很艰难的工程。勇于接受挑战的Roger没想到真能够在一个月内把这项活动办起来，而且办得很成功。这时，他才惊觉，原来项目管理有这样的威力。凡是做事就很投入的Roger觉得这可能是个偶然，没想到第二个项目的合作方是一家国际知名的大公司——Intel。Intel要求他们在两年内把公司所有的制度标准化，当时Roger手上还有一个大型的QS项目，而且这个项目做了半年了。本来Intel也是想着能用两年的时间就不错了，没想到他在持续做那个大项目的同时，也一起做Intel的，才半年就做完了。Intel进行稽核时，发现项目已达到全世界最高的标准。这几个项目完成后，Roger不禁感叹，有很多企业非常需要项目管理，但是大家都不会项目管理，乱做一通，也才起了一个念头，如果有机会教导大家怎么去做项目管理，那么就能帮助更多企业提升竞争力。于是他立下一个志愿，要在三年内培养出1000位PMP。为了能够专注，他把人人称羡的上市公司的高管工作辞掉，走上创业这条路，专职培养更多的PMP人才。

听了Roger说的PMP资格证的威力，我更想考取这张资格证了。我以为Roger的创业路在顺理成章下很顺遂，后来才知道，成就背后总有大汗淋漓的青春，他背地里流了多少汗水没有人知道。他和众多企业家一样，创业之路走得并不轻松，前三年非常艰辛。Roger说，一开始成立PMP培训公司仅有他和爱人丽琇两人，创业维艰，全公司上下所有的事情都得自己来，每天忙到凌晨两三点。当时他正为要拿下公司的第一个项目——全球知名的上市公司台积电（TSMC）的项目经理人培训而拼搏。这个项目有多家培训公司在竞争，后来有三家脱颖而出，其中两家资历比Roger的公司资历更深。Roger运用PMP的专业手法写出第一份企划书，没想到就顺利地把全球最大的晶圆专工半导体制造厂台积电（TSMC）的培训项目拿下了。开业第一个项目就是那么高难度的，可说是非常大的挑战，项目不成功便面临倒闭。他每天战战兢兢，白天培训，晚上认真地一遍又一遍准备，同时还把第一版培训教材写出来。经过三个月，到了要考试的时候，他遇上第二个瓶颈，是PMP的考试权威单位，PMI（Project Management Institute，美国项目管理协会）把考试门槛调得非常高。他派出的最会考试的两位学员双双落榜，这让他感到很惊讶。PMP新版考试竟是那么困难，他派出那么高水平的学员去应考，竟然也没有通过。他同丽琇商议，他是不是重回以前的公司日月光上班算了，丽琇则回中山大学。但是，Roger的提议没有获得丽琇的支持。丽琇坚定地说道：“泼出去的水，哪有收回来的道理？我们要坚持下去。”

两个星期后，PMI正式宣布考试门槛太高，当时全世界一千多位考生应考，考过的没有几位，因此自动调低门槛。后来落榜的两位台积电（TSMC）学员再次去应考，结果皇天不负苦心人，都通过了。当时Roger和丽琇感动得差点掉眼泪，原本有些心灰意冷地想要放弃了，这两个学员突然都考过了，犹如救火队一般，两个人很激动，辛苦的汗水没有白流。接下来就是其他的学员接二连三地通过考试，不到三年的辅导就通过了一千位PMP，提前八个月完成了第一个里程碑。接下来，Roger是以无偿培养一千位高级PMP，帮助优秀人才拥有国际竞争力为志业的重要里程碑。

听到这里，我感动不已，这和我组织一群志愿者到偏僻的地方做公益是两个格局！Roger的思维已上升到世界高度，也让我了解到，只有这样格局的人在考取PMP后，才会去考PgMP（Program Management Professional，项目集管理专业人士认证）。事实上，Roger是PgMP亚洲第一人，亚洲首位考上PgMP的华人。PgMP考试难度比PMP高上三倍，而且只有英文版本的考题，高门槛的审查资格不说，我光听到考试要过三关就惊呆了。第一关考试备考人员要有四年的项目经验加四年的大型计划的经验，如此才能写PgMP的履历，履历如同PMP所填写的表格，不过却严谨许多，连Roger自己亲自填写都被PMI退件了三次。我感到太震惊了，高手出马都被退件，真是难以想象。第二关更难，当时，全亚洲没有半个华人通过这第二关PgMP考试，而全世界考过的人也只有一百六十五位。第三关是由PgMP备考人员找十二位见证人，需有四位领导或客户、四位同事及四位部属评核PgMP备考人员的计划管理实力（360度评核），每人要填写一份七十四题的英文问卷，当他们都异口同声回答一样的评核结果，且PMI验证大家回复的问卷可信度是真实的，如此才能通过第三关。听Roger说着过去顶着PMP专业做项目就很厉害了，还要去挑战更高的知识殿堂，于是我好奇地问，PMP和PgMP有什么差异。

他说，PMP考验的是项目经理人如何以规划力及执行力把事情

（项目）有效率地做对，而对PgMP考验的是如何做对的事情（大型计划），并开出一条蓝海道路使企业更具竞争力，特别计划是利通许多项目和项目之间错综复杂的关系以产生庞大综效。估计Roger在想，我还没参加培训，可能会一头雾水。他举例给我听，说："春秋战国时期有一位农民，家传有神奇的药水，涂此药水，即使双脚久泡在水里，也不会溃烂，一家人靠此药水下田耕种免除双脚溃烂之苦。有一位商人知道了这件事，向农民买来神水的秘方，并上献给君王。君王靠此秘密武器，指挥水军成功攻下了一座水都，商人因此被封为侯爵。同样是神水，在农民眼里只是拿来自己用，而到了商人这儿，商人却运用了PgMP的思维，将资源重新排列组合，使神水成了打败敌国也为自己创造额外价值的利器。做神水的手法就是PMP项目管理手法，商人的智能即如何应用神水则是PgMP的思维。"我原先了解PMP很厉害，听了他的话后，觉得PgMP更加厉害。我更以严肃的态度看待公关名额，除了认真参加培训外，我得全力以赴准备考试。

参加PMP培训让我吃了不少苦头，培训的内容严谨生硬，上完课回家还要复习，再加上家族里的一些事情，公司业务又繁忙，常要出国，蜡烛多头烧，我有时候频率切换不过来。PMP考的都是情境题，想要刷题也没得刷，只有多加练习对于情境的判断。我练习到紧张得汗水流个不停，读着读着，真觉得太难读了。小雪说PMP是属于全世界最难考的资格证之一，可真没骗我啊！培训时，练习题答对的没几题。老师说，真正上场考试时难度比练习题要高，如果正式考试前，平时练习题没有70分不要报名考试，以免浪费400多美元的考试报名费。几次练习下来，我从来都没有达到60分。太难读了，好不容易以为读通了，没想到还错，真是折腾，我几度想放弃。虽然公关名额是青春的汗水积累的成就换来的，别人看起来得来容易，可书读起来可真不容易。

考试前三周，我勇敢地去找Roger诉苦，PMP太难了，我觉得考不上。他微笑地看着我说："考不考得上是你的决心。"他说完，用坚定的眼神看着我，我从他的眼神中看到自己已经没有考不上的问题了。于是我除了参加Roger的培训，其余的时间都用来看书。考试前三天我关机，屏蔽所有人，没有告诉老师，独自悄悄地到PMI网上报名，不让Roger、丽琇以及辅导我们这一组的老师知道。为什么要屏蔽，因为100题的练习题我未达70分，老师不要我浪费405美元，也不想我丧失考试的信心。而我坚决要去考试，我要终结准备考试的煎熬的日子。既然是如此坚决，我就要坚定信念相信自己能考过。

考试前一天，我紧张得不得了，下午竟然忘光了所有学习的内容。天哪！那一刻我才体会到头脑一片空白是什么滋味。读过的内容，每一题都看不懂，自己都吓傻了，我怎么会看不懂，心慌了，人乱了，开始有些不知所措，慌乱成团。理智和恐惧在做拉锯战，后来理智略胜2%，理智51%，恐惧49%，我用仅仅占优势的2%理智告诉自己，要放轻松放轻松。在整个人比较放松后，我忽然间想起Roger那坚定的眼神，我开始深呼吸，把紧张感慢慢放下，继续调节呼吸，越来越让自己放松。离开书房出去走一走，我再次回到书房翻起书本，那份熟悉感慢慢回来，我的信心也逐渐回来了。我当天晚上提早休息，为的是有好的精神状态参加明天上午的考试。

我进了考场上机，整个人都惊呆了。这些题目怎么那么难啊，不是有做练习题吗？怎么都那么陌生？有些中文翻译得词不达意，还得搭配英文来通读题目和答案的意思。我一直告诉自己要沉得住气，仔细看题目，用老师教我们的答题策略，我把心情放轻松作答。考题200道，考试时间是四小时。看着计算机画面，我再次告诉自己，我一定会过的，我不会让汗水白流的。一题一题地做，我完全用信念作答，不知不觉地把200道题在难熬的秒钟转动中做完了。考完后，我仔细再检查一遍，考试时间约用了3小时40分钟。那一刻，我屏住气，不敢马上点击提交试卷。听老师说，只要点击提交，屏幕上就会出现一个小漏斗在跑，跑完后，立马就会在屏幕上显示通过与否。点击前我的手微微颤抖，已经不知道有多久没有那么紧张过了。我深吸一口气勇敢地点击，紧闭双眼不敢看屏幕，心里算着时间可能差不多了，把憋在胸口的气吐出来，张开眼睛一看，屏幕出现的是——PASS（通过）！那一刻，我整个人都激动得快要蹦跳起来了，在心里大喊“我通过了！我通过了！我通过了”。考场还有其他人在考试，我忍住想尖叫的企图，眼眶含着泪水走出考场，立刻就给Roger打电话，告诉他我通过了，还告诉他我的成绩。他除了恭喜我外，还说我真的读通了PMP，他和丽琇祝贺我。老师和其他同学也纷纷祝贺我。

我考上PMP比赚到一百万还要激动，我不知道为什么那么激动。那一刻，我在心里真诚地说：“Roger，谢谢你！”

第二天收到老师的祝贺信和一个链接，我点击进去，长宏PMP高度影响力榜上有我的名字。我感动得不能自抑，这是我用汗水和泪水堆砌得来的。激动的心情平复后，我在想，PMP那么难考，PgMP的难度又是PMP的三倍，Roger能考取，真不简单。之后，我在管理上用了PMP的专业手法，大大提升了公司的效率。再之后，我获Roger的邀请，担任全球华语版项目管理杂志的财经专栏作家，很荣幸地受邀成为该杂志的财经专栏作家第一人。在这个杂志上写文章有别于过去，必须要用PMP的手法和五大流程与九大知识领域来写，有一些难度。还好我考过了PMP，更有信心能完成任务。我的读者多是PMP项目经理人，甚至有的是博士、教授等专家。我兢兢业业地写每一篇文章。再过一些时间，我会应邀写第二本书——《让你赚钱》。我深刻感悟到过去的积累能造就未来的实力，再难熬的青春，也要痛快地让大汗流，让幸运成为拼搏的礼物。唯有走过才知道，青春的汗水没有一滴是白流的，每一滴汗水都会灌溉每一分付出，翩翩飞来的蝴蝶会从中传播幸福与喜悦。我很荣幸地能参与Roger三年志业的重要里程碑，我为他的志业点赞，也为自己的努力喝彩。

你的思维，决定了你的人生高度

有一位很久以前认识的朋友小刘看到我的新书入榜，特地来公司祝贺我。我们已很久不见面了，他不知道这一路的跌宕起伏把我锻炼得如超人般坚强。在青春岔路口上，我早已做了新的选择，他还是聊着过去我们熟悉的领域。这也难免，毕竟那是我们认识时，彼此熟悉的青涩样子。小刘和我聊到一个有意思的话题，他说没想到我可以摇身一变，从服务大众客户升级为服务大客户，除了专业水平要提升之外，其他好像没有什么不同，很顺利地一步一步踏上这个台阶，看似切豆腐般容易。他说完，我没有立刻回答，因为这样认为的朋友有好几位。之后，我想了一会儿，事实上，说容易也容易，说不容易也真不容易。容易的是，专业知识是死的，把专业学会就很容易；而人是活的，要把专业往客户身上套，就不容易。客户比谁都聪明，往往是套不住的。其实，我吃过几次亏，大客户在眼前，我没有准备好，当初以为光有专业就够了，我被问了几句，碰了一鼻子灰，被大客户泼了几次冷水，心里必定不是滋味，有时候是很难为情地离开。亏吃多了，就领悟了，和大众客户用这样的专业和沟通能力是够了，但我太掉以轻心了。我面对的是大客户，以为自己本来就具备很好的沟通表达力，只要把专业加强就可以了，却不懂得大客户的心理，空有专业是不够的。一个人没有摔跤，以为自己走路很有风，而摔几次跤后，就不知道疼了。总要在多次沟通落空后，才会低下头反思自己的错误，并为失败做总结，找出自己不足的地方，原来最大的问题是，“不知道有钱人想的和自己不一样”。

站在被拒绝的路口，没有时间难过，我选择快速了解他们的思考模式，不然肥美的市场怎么也切不进去。很多人说一回生二回熟，事实上，并不是这样。他们的时间都很“贵”，没有时间和一个不太熟的人“一回生二回熟”。我必须提升自己的价值，也就是把自己的时间也视为很“贵”，调整到和他们一样的频率，才有机会做朋友。而这是大众客户不会有的思维，这是最典型的打破旧有框架。我明白，这是自己的心态问题，不是专业知识和销售技巧的问题。然而要打破旧有框架还真不容易，因为用这样的方式和自己相处超过二十年，早已与潜移默化的思维告别，就像是惯用右手写字的人，要改成左手，那是一件很不容易的事情。同样，惯用左手使用筷子的人，要改用右手，也是不容易的事情。如果不是有特别需求，很难去改变旧有的习惯。比方说，惯用右手刷牙的人，右手不小心受伤了，为了保持健康和口齿清新，被迫要用左手刷牙，慢慢地把不熟练的左手也练熟练了。

惯用左右手的习惯案例放到工作上来说也是相似的。过去我习惯和大众客户沟通，当升级服务大客户时，我不理解他们是怎么想的，跟他们见面时，怎么说都不对，切不中他们的需求。层次不在一个水平，常常以失败告终，自己也感到很惋惜，竟把“比赛当练习”，大客户被我练到跑了好几位。我只是表面把硬件升级而已，头脑里的“软件”没有升级。脑袋里的“软件”在升级过程中有时候会卡住，不熟练的问题就必然会出现。在工作中，遇到问题就想办法修正，不去躲避所遇见的问题，才有机会解决问题。我在思考哪里有“速成班”。后来我想到我们的律师和会计师，我请他们给我讲一讲，通常有钱人都怎么想。我发现我问话方式不对，于是换个角度问，我把客户案例拿出来咨询，过去他们是否有遇过。这样问，就容易多了，专业的律师和会计师都侃侃而谈，只要他们说执行项目的经验，就可以从中学习，我认真做了笔记。经过咨询后，我才发现，有些问题过去大众客户一点儿都不在意，律师或会计师却会提出来。从他们的经验中我学习到大客户为什么会在意这些问题，主要是问题背后连靠法令政策，也就是有钱人最担心的“税”，相应地我增加了许多实务的操作经验。几次后，我请律师和会计师帮团队做案例培训，团队一起学习，频率一致，也更有效率。在落地实操后，我真真切切地体会到，市场才是我的老师，真还不是用想的，就能“刀切豆腐两面光”，唯有案例学习，实际执行，才能有收获。服务大客户确实是没有想象中容易，大众客户会拒绝，大客户也会拒绝，只是拒绝的关键问题不同而已。

我发现不同圈层的朋友，聊的话题就不一样。一天，高净值客户David请我在晶华酒店喝下午茶，让我记忆深刻的是，他聊到大家都有的青春，却在青春时做出和其他人不一样的选择。David说，选择就像是站在三岔路口，不是往左就是往右，即使有人告诉你左或右，你也未必知道哪一条是对的。David曾和许多人一样在青春的十字路口徘徊打转，当在青春的岔路做出新的选择时，已踩在一条陌生的道路上，也许充满荆棘，也许充满探险，也许充满艰辛，也许充满趣味，都无法预测。唯一确定的是，他可以把自己全心投入，拉长青春的印记，去欣赏不同风景。David的父亲经营成衣代工制作的生意，当初受到大环境影响，生意每况愈下，后来工厂负债，几个兄弟不愿意接。排行老二的David不忍父亲的事业从此消失，便和做服装设计师的爱人Michelle商议，共同接下父亲的事业，也共同接下债务。这个商议并没有得到Michelle的支持，Michelle在品牌工作室打工，她喜欢服装设计的工作，而且她所设计的衣服是走时尚风，和走在时代尖端的巴黎接轨，常常要到巴黎出差。她了解最新时尚，把最有品位的创意带回来。David父亲的工厂是代工制作，跟创意沾不上边。一个是体力活，劳动力的工作，一个是脑力活，创造力的工作，完全两极化，也造成两个人沟通的两极化。

David执意要接下父亲的棒子，他不愿看到父亲辛苦拼搏的事业就此消失，而且这是父亲当初养活一家人的经济来源。David每天到工厂上班，并和厂商沟通偿还债务的期限，每天工作到很晚才回家，第二天天刚亮又到工厂上班。他比员工还要早到，这件事情让夫妻两个人形成了一个小小的暴风圈，争斗了快一年。Michelle不忍David一个人扛下重担，挑起沉重的工作，便放下她喜欢的服装设计师工作，和David一起管理工厂。David说，原来Michelle是天生做生意的料，她进工厂后开始了解跟厂商之间的合同和财务关系，不到一个月，就把许多赔钱的生产线二话不说地砍掉，部分员工裁员。不到半年，公司的财务报表就好看了许多，他们辛苦拼搏两年后，财务报表就损益两平。David说，Michelle把身处危机的家族事业带上轨道，真是个有胆识又富有创意的“女汉子”。David笑着强调，原来他娶了一个“女汉子”回家，还不懂得好好用她的特长，让她去外面帮别人赚钱。

我知道David玩笑话的背后一定省略了很多艰辛的故事，他们不是“从零到一”，而是“从负一到零”，那是多么艰辛的工作。我们聊到“从负一到零”，我内心早已敬佩。David说，好不容易在三年多后，工厂“从零到一”，他就在想，Michelle终究是时尚服饰设计师，每年飞巴黎好几趟，她所设计出来的服饰，一送到各个店家都热卖，把她关在工厂真是埋没她的天分。David见到工厂已有获利，便和Michelle做了大胆的突破，他和二线品牌服饰联系，和他们合作，帮他们设计服饰，供他们的门市销售。David说，毕竟是做成衣代工产业，朋友总是有的。他说，接下这个合作之前，Michelle有些惶恐，毕竟已有三年多没有设计衣服了。于是她再次回到熟悉的巴黎街头，看尽所有的流行服饰，拍尽所有时尚照片。重新激发起信心后，她再次回到她熟悉的设计工作台，一件件作品设计稿在纸上呈现，一件件衣服在模特儿身上出现，一件件衣服被送到各店家门市，一次次在各家门市热卖，一回回被店家催新款服饰。订单应接不暇，还需额外请设计师应付排长龙的订单。David对Michelle赞誉的口气和眼神，真无法用文字传递，最简单的说法就是，几乎把她当女神崇拜了。

他们大胆创新，让Michelle回到最热爱的平台，David逐渐把成衣代工生产线缩减一半，维持获利的生产线，另把一半心思为Michelle创立自己的品牌奔波，打造平台要孕育下一代青春。当时David已送孩子到国外学设计，他说，等孩子学习有成就后可以回来接班，他们就慢慢放手给下一代。David又笑着说，交棒给下一代，这何尝不是又面临一个新的选择？

努力到无能为力，拼搏到感动自己

曾听过这句话，“每一分台下的努力，都会被台上表扬出来。”或许不一定要真正站上舞台，如果有，当然很好。然而我们能达成目标，就是一个很棒的表扬和奖励，也是让青春站上一个台阶。就如同Roger以一份学习热诚和对工作的投入，要为新部门留下好的纪录或里程碑，而选择去考PMP资格证，从此和PMP结缘。把PMP资格证考回来后，领导派他到另一个部门做两个超大型项目，他把PMP的专业手法发挥得很好，项目做得很成功。也因为把项目做成功后，他不禁感叹，很多企业非常需要项目管理，但是众多企业对项目管理的专业手法很陌生，才会兴起想教导大家如何做项目管理的念头。于是他立下一个志愿，要在三年内培养一千位PMP，要帮助更多企业提升竞争力。他为了要专心把这个重要的志业完成，把上市公司高管的工作辞掉，全心投入，专责培养更多PMP人才。在忙碌之余，他还考取了PgMP，成为亚洲第一人，拿下最高荣誉。里程碑达成后，他接连带着使命感立了下一个里程碑，无偿培养一千位高级PMP。Roger的每一个里程碑都是新的选择，都是新的挑战，每个挑战都让他再站上一个台阶。

David的新选择，是“从负一到零”，再“从零到一”。开始就是陌生的道路，他仍甘之如饴、全心投入。他的投入拉长了青春的印记，在退休之余仍过着青春的惬意生活。他说，他的青春从未走远，他永远拉着青春的尾巴，吹着微风，晒着太阳。我很欣赏David面对所有事情都一派轻松的性格，也难怪他的轻松性格让他看起来依然青春。正如David所说的，无论是站在什么样的路口，当做出新的选择，就要用开怀的心胸开启下一页新的风景。既然开启了，就放松地站在用汗水堆砌的台阶上，好好欣赏，好好享受，让青春不虚此行。品味青春的David和Michelle是我升级服务大客户后，在参加一位教授谈埃及艺术史的课堂上认识的，他们很年轻，不到五十就退休，过着闲云野鹤的生活，到处参加提升生活品位的课程和健康养生的讲座。David的言谈中总是少不了一抹风趣。他说，他们已经不在商场上厮杀很久了，在那段黄金般的青春堆砌的阶梯给下一代青春走下去，他这一代的青春才能延续下去。正因他们享受生活闲趣，我才会在那么有品位的课室认识他们，成了无话不谈的朋友，他们还成为我的VIP客户。

朋友曾经问我，在青春路上让我重新选择，我的选择会是什么？我的答案是，我依然会选择创业，也依然会创立公益性组织。因为我如果没有这些选择，也就不会认识Roger，也不会参与他三年志业的重要里程碑，也不会在他的邀请下，参加PMP培训，还幸运地考上。对于服务高净值客户，我还是会做这项选择，全新的选择是一条陌生的道路，和所有无论大或是小的选择一样，都需要有冒险精神。我们值得为青春冒险，才有机会拉开紧闭的窗门，把美丽风景收在眼底。如果没有这趟冒险，我也不会有机会听到许多如David和Michelle的一样的，用汗水堆砌的青春拼搏故事。这些故事不但开阔了我的视野，还拉大了我的思维格局。如果没有因为工作上的需求，我也不会把目标市场锁定在有节税需求的有钱人身上，也不会有机会去学习更多的专业知识来解决他们的困扰，也不会有机会和高净值人群打交道，学习让自己面对他们时，有底气从交谈中找到他们的需求，一次一次地提升自己的沟通能力，一次一次让自己蜕变，最终还能把有钱人的投资策略整理出来，写成书，帮助更多人。

世界上没有再比青春更美好的了，没有再比青春更珍贵的了！青春就像黄金，你想做成什么，就能做成什么。

——高尔基

Part 9

你的拼搏，终究辉煌

让阳光洒进我们的心房。我们就能以阳光的心境面对它，才可与好事共鸣，幸运的事自然会发生在我们身上，青春必定也会不失精彩。

熬过最难熬的日子，便是阳光满地

我刚开完会准备走出会议室，手机在此时跳出一个信息，是Tina发来的。“周年庆和你有约，邀上好朋友一起到熟悉的地方聚聚。”看了后，让人微微一笑，一看这信息的内容，就知道必定是Tina的创意，她总是喜欢把常来店里的客人当朋友，想不熟都很难。我低头看了手表，下午三点多，这个时候是大多数职场人依然忙碌的时间，却是Tina比较空闲的时候。她不是翘班，也不是失业，她是三家生意很好的早午餐美式餐厅的总店长。美式餐厅多了早午餐，她必然比更多职场精英的工作时间长，休息时间也和职场人不同，忙碌之余还不忘经营来店里的常客。和Tina认识是一个偶然。那天我本来是顶着炎热的太阳要再次和李老板见面，把这几次梳理过的方案和他做细节上的沟通。为了准时到达，我特意提早出发，以免堵车影响约好的时间，没想到这一天路况特别好，既不堵车，也很少遇到红灯，因此我提早到了。停好车，我准备前往李老板的店里时，收到了李老板的信息，“很抱歉，家里临时有事，咱们改天再约，改天赔罪赔礼。”我看着信息回她，“赔礼倒不用，临时有事是难免的，改天再约！”

顶着炎炎夏日，骄阳毫不留情地往我身上喷火，实在太热了，我顶不住，准备找个地方消暑，就看到了周边最醒目的美式餐厅。我加快脚步走进了这家餐厅，一踏进去，凉凉的冷空气立刻让人舒适下来。前来接待的服务员笑容可掬，带我入座后，我开始观看这家餐厅的风格。美式混搭中又有新古典主义的风格元素，具有古典情怀的格局，让我感觉整个人完全被置换到了另一个空间。我开始对这家餐厅的老板产生好奇感。服务员问我要吃点什么，打断了我的思绪。我回过神来看了菜单，服务员问我有特别不吃的吗。我还没来得及反应，她说，如果没有，要不要试试店里的招牌——烧肉蛋饼。我听了一脸困惑，美式餐厅怎会有烧肉蛋饼？我抱着困惑点了服务员推荐的这个餐点及饮料。餐点被送上来，我尝了之后，觉得真是美味无比。难道是我肚子饿，所以才感到美味？离开餐厅后，我时常想起烧肉蛋饼的滋味，还四处和朋友说，没想到我第一次吃到那么好吃的蛋饼竟然是在一家美式餐厅里。为了证明我不是肚子饿才感到蛋饼的美味，我便在午餐时间约了几位朋友去评鉴这家店的招牌蛋饼。没想到大伙儿吃了都称赞不已，后来我就经常和朋友一起来，我们成了这家美式餐厅的常客。

大约两周后，李老板和我见面，当天就把方案确认了。在愉快的气氛中，我把那天发现美食的经历和她说了。她露出两个浅浅的酒窝笑着说：“你喜欢这家的烧肉蛋饼啊！改天我约这家店的店长给你认识。”我听了当然说好。李老板接着说：“她以前是我的房客，现在是我餐厅的店长。”我讶异地看着李老板，心想美式餐厅也是李老板的，她的餐厅未免也太多了吧！我又从专业的角度思考，刚刚的巨额财产报告书好像少填了几项资产。李老板接着说，这家店的店长叫作Tina，她把美式餐厅经营到有今天这样的生意很不简单，还说我们有相似的坚毅性格，应该互相认识一番。

很快地，我们约在美式餐厅见面，原本因我光顾几次已与我熟悉的店长，经过李老板介绍后，我们很自然地成了朋友。深谈几次后，我们不约而同地发现，如李老板所说的，我们确实有相似的性格，成了朋友更有种莫名的熟悉感。之后我常约喜欢美式口味的朋友到Tina的餐厅用餐，Tina也总是会用以特殊调料制成的酥脆薯条招待我们，只要尝过的人都上瘾。朋友也总乐意带更多的新朋友前来光顾，都会额外获得店长的招待。或许这就是李老板所说的，Tina把餐厅生意经营得很好的因素之一。

自从认识Tina后，我常听到李老板在我面前表扬她，我也特别想知道李老板是如何识才、用才、留才的。她每家店的店长都非常优秀，都能独当一面，进退应对自如。一天，李老板约我见面，还特别安排了一间包房，和我聊聊要把资产赠与在美国的女儿时，在税赋上需要注意的一些问题。我们还没开始谈正题，她又习惯性地跑题，她话匣子一开就收不回来。看这样的情形，我得有技巧地问一些轻松的话题，我问她怎么那么有眼光，招聘到Tina当店长。性格直爽的李老板听到这个话题，兴致大起、谈兴大开。她说只要是交办给Tina的事情，她很快就能做好，真是个不可多得的人才。自从Tina晋升店长后，餐厅生意是越来越好。还有，是Tina主动提出，可不可以把奶奶的私房料理烧肉蛋饼放到菜单上试卖看看。李老板想，这曾经是大受欢迎的美食，放在菜单上不知能不能够增加营业额。没想到推出后，受欢迎的程度超过原本的预期，这也是美式餐厅有中式蛋饼的原因了。

会有这道奶奶的私房料理，这个故事要从Tina和奶奶在路边摊卖烧肉蛋饼说起。父母过世得早，Tina从小便跟着奶奶一起在路边摆摊，以卖奶奶做的烧肉蛋饼为生。烧肉有着奶奶的独家配方，必然是独家口味，小摊子很快被做出了口碑，常是排起长龙，生意非常好。她们请了两个工读生帮忙，奶奶在刚可以喘口气休息的时候，却在睡梦中离开了Tina。奶奶突然去世后，就剩下她孤苦无依地生活在这个世界上。当时年纪小，目睹父母因车祸意外离开，Tina的童年一直过得很压抑，好不容易完成学业可以和奶奶一起赚钱，老天却和她开了一个天大的玩笑。一个青春少女怎承受得了这个打击？孤苦无依、无力也无助，她也不知道如何办理奶奶的后事。李老板说到这里，脸上有点儿遗憾。当时Tina祖孙俩租着李老板的房子，她见Tina清瘦的脸颊上有两行泪，挺可怜的，便帮她处理奶奶的丧事。送走奶奶后，Tina每天郁郁寡欢，足不出户，也不再出来卖肉饼了。李老板也在心里为Tina担心，想知道她未来如何打算。偶然几次见面，她见Tina意志消沉，花样青春失去活力实在太可惜，又担心她做出傻事，便想伸手拉她一把。

不久，Tina主动到李老板常出现的中餐厅找她，因为租约即将期满，Tina打算租间小的房间，前来办理退租手续。正巧在这个机缘下，李老板要Tina坐下来聊聊。李老板跟她细心交谈，并建议Tina到美式餐厅帮忙，还可以搬到员工宿舍，不用到外面租房子，既能赚钱又能把租金省下来，为自己的将来多存点钱。李老板一心想让Tina忙碌起来，这样心灵就不会那么空虚，也就不会有空胡思乱想。Tina受宠若惊，没想到天上真的会掉馅饼下来，还让她接到。Tina感动地接受了李老板给予的机会，很快便到餐厅上班，从最基层的服务员做起。美式餐厅欢乐的经营风格，让Tina重拾过往阳光灿烂的笑容。她秉着一贯做事认真的态度，获得许多客户的赞扬，在店里的人际关系处理得很好，也不因是李老板引荐到店里工作的而张扬，性格低调、处事冷静、懂得察言观色。她具有这样的性格，和从小就遭遇过不少冷嘲热讽，小小年纪早已体验了人间冷暖有关，也让她在应对问题上比同龄人要更成熟稳健。

在店里有几次遇到客人提出无理要求，Tina都能临危不乱地应对，让李老板感到这位正值青春的女孩可以培养。有一次因为厨房餐点上得太慢，客人当众发火，把整杯饮料往Tina身上泼洒。她没有因客户的暴怒而呆若木鸡地愣在现场，反而冷静地向客人道歉，迅速处理餐点的问题，并迅速帮客人处理泼出来的满桌满地的饮料。当天店长休假，副店长都有点儿慌了，最后客人虽没有非常满意地离开，李老板却是很满意Tina冷静处理事情的态度。那件事情之后，在开会检讨时，Tina没有抱怨厨房出餐的速度影响第一线的服务质量，还向店长提出积极性的建议。她提出了下次遇到类似情况的应对方式，结账时如果可以给客人投诉上得太慢的这道菜免单，客人下次还有机会再来，而且客人还不会在外面四处抱怨，甚至在网上谩骂等，有机会获得客人的谅解，就不会影响店家的声誉。李老板从店长处获得员工的反馈意见，不但采纳了这个建议，这也成了店里的服务规章。这件事情后，她更加留意Tina在工作中的表现。

李老板又说了一个和Tina本职工作没有关系的事，我看得出她掩藏不住内心的感动。那天李老板的另一家中餐厅门前的马路上在施工，工人因施工失误把水管挖坏了，造成水管破裂。从水管喷出来的水汹涌如注地直往餐厅喷洒，餐厅里的所有人员挡都挡不住，一群人都急忙抢救现场。Tina当天休假正要外出，过往很少往中餐厅这条路走，这天一走没想到就碰到这事，还目睹了餐厅餐盘狼藉的景象。她赶紧扔了手中的包就直奔中餐厅，和所有的工作人员一起搬动店里的东西。李老板得知店里淹水，赶往店里时，店里已是凌乱不堪，根本无法做生意。她抬头一看，竟看到Tina一身粉红色洋装、踩着高跟鞋在餐厅角落和其他员工一起搬运食材和餐巾纸。这些举动李老板全都看在眼里，她感到这姑娘非同一般。几天后，李老板从侧面得知，Tina很感谢李老板聘用她，她也很珍惜这份工作，想要做出一番成绩让天上的奶奶放心。在多次观察后，李老板决定给Tina学习的机会，一路提携培养她，她也工作出色，积累了不少实务经验。李老板的第一家美式餐厅生意非常火，她决定在附近商圈再开一家，要Tina过去担任店长。这对Tina是莫大的考验，她内心既欣喜又惶恐，虽然有了不少实务历练经验，但她还是很紧张。

原本没有勇气接下这个任务的Tina隔天告诉李老板，她说昨晚梦见奶奶，奶奶要她勇于接受挑战，她接下了店长的任务。新餐厅开在李老板刚收回来的店面里，李老板把新店面装修和监工的大部分工作交给Tina负责，李老板不担心Tina完全外行会无法胜任。她知道Tina是可以委任大事的人。果然Tina非常投入，还自行找方法，上网查询了有关美式餐厅的风格与选材，并到其他美式餐厅用餐，欣赏其他店家的特色，碰到好的布置还会拍照存档，一路下来饱览了不少有特色的餐厅。回到自己负责的领域，她有了具体的想法和李老板讨论。新餐厅融合有美式的混搭风格，也保留了旧餐厅的新古典主义元素，整家店呈现出简洁、明晰的线条，又不失优雅之风。四周的装饰也不会太夸张，整家店的色彩比原先的店丰富，空间感规划得更好，把美式包容性的风格跟多种风情进行了融合。李老板很满意新店面的动线以及所呈现的视觉效果。她说，其实一个人可不可以出色地完成交付任务，从她过去处事的态度就能看得出来。这家店稳定后，李老板又陆续开了两家美式餐厅，都委任Tina负责店面装修与监工。

新餐厅的管理人才，李老板都是在内部培养，她认为人才很难找到满意的，空降来的人容易“水土不服”，彼此达成共识都辛苦。与其从外面寻找，不如在内部培养，一来比较知根知底，二来也能够稳定人心。只要有企图心的人才都会愿意好好表现，成为下一个副店长或店长。对于李老板这种识才、用才、留才的哲学，我觉得她真是独具风格。

我曾和Tina聊起，是什么样的因素让她如此投入。Tina想了想回答我，她是一个想法简单的人，从小就什么都没有，唯一有的就是相依为命的奶奶。虽然奶奶走了，她认为奶奶依然活在她的心中，能在这家店工作，她相信是奶奶暗中庇佑所得来的，所以她特别珍惜。奶奶在世的时候常说：“人要知足常乐，更要懂得感恩，别人给你一分，一定要还人三分；别人给你机会，我们没有什么可以还给人，我们有的是心存感激，用努力回报。”Tina说到这里，眼眶泛红，她说这是奶奶留给她的宝贵资产，她要好好守护着。她仍记得奶奶还说：“一个人只要用心坚持做好一件事情，不用多长时间，一定能做出成绩。即使没有获得别人的肯定，自己也活得心安理得。”Tina脸上露出深深的思念，她凝神地看着我说，这是她和奶奶摆摊卖烧肉蛋饼等客人时，祖孙闲谈中奶奶教她的待人处事的态度。她要把奶奶的烧肉蛋饼精神活出来，让天上的奶奶看见她没有忘记奶奶爱的叮咛。

从李老板那里听到Tina的故事，我除了对李老板的胸怀敬佩外，也对Tina刮目相看。花样青春有此美丽善良的心，真是难得。让人感到不可思议是，她把奶奶的耳语叮咛视为最珍贵的资产，无论是在生活或工作中都时时谨记。或许她过去曾失去一些东西，但上天在最恰当的时机，以最合适的方式补偿给了她。我曾听到这样一句话："人生不如意之事十之八九，不要老是去看八九，要多去看一二。"Tina的奶奶就是有总看一二，不看八九的态度，才会教育出美丽善良的Tina。我们在职场上不也是如此？总会有不尽如人意的事情发生，虽然我们无法控制那些偶有缺憾和不如意的事，但是我们可以控制我们的心境，调整一下视角，让阳光洒进我们的心房。我们就能以阳光的心境面对它，才可与好事共鸣，幸运的事自然会发生在我们身上，青春必定也会不失精彩。

年轻时，就让金钱疯狂爱上你

Ruby喜欢邀上三五好友一起聚会，点上几道中华料理对她来说就是幸福的滋味。只要有美食，Ruby就会给我打电话。如果没有其他安排，我总乐意一聚。我不懂美食，吃得也简单，餐里只要有蔬果，对我来说就是美味。Ruby常在美食面前取笑我，说我不懂享受，只懂工作。她笑完又说，不懂享受也不要紧，大家一起同欢乐就行。后来她还搞起美食文化，既享受又有文化，两者都不耽误。我听了哭笑不得。

青春的Ruby能有这般惬意的生活，是她早期就做了投资规划。May受到我们几个人的影响，也想投资房地产收租，之前就问过我如何做投资。我当时手上还有项目在进行，没有时间和她细聊。大伙儿聚一块儿，正是好时候。我看了一下正在大快朵颐的Ruby，我知道她有一个经典的故事，想让她来说说。Ruby一口咬下酱香味浓的无锡排骨，扬起四十五度角看了一下May，示意她把美味收进嘴里，我们看她大啖美食的样子都笑了。Ruby说，她从小就跟着小阿姨到处看房，刚开始小阿姨是从一居室开始投资，投资后她不管房价涨跌，也不买卖赚价差，她只收租，每逢休假日，就固定安排时间随着房屋中介看房源。Ruby特别把小阿姨看房的几个条件告诉May，除了自身的头款预算控制得宜外，地点要事先考虑，地点好又有地铁，房价容易上涨，也好出租。再来是房源附近的居住人群，是住宅区？办公区域？还是大学区域？这些都影响小阿姨投资的考虑。话说回来，这也和地点有关系，Ruby补上一句。刚开始她也不懂小阿姨为什么要这么考虑，到了开始工作找房才知道，太偏上班不方便，生活不便利也影响她租房的意愿。小阿姨是因为自己的预算仅能先从一居室开始，她希望买下的房子很快能够找到租客，最适合她的是打工族和有能力租房的大学生的密度高的区域。一居室买在住宅区的影响是，一是合适的租客比较难找到，二是比较难找到房客就影响资金的回收速度，因此地点和居住人群是相互关联的。当然小阿姨很重视租金是否能够还房屋贷款，她要的是“以租养房”，控制手上的预算，不冲动投资，所以租金收益让她不愁每个月的贷款。还有一点，小阿姨没有把资金搞得那么紧张，万一租客退租，下一位租客还没找到，空窗期得自己先还贷款，这是投资收租房必要的“周转金”。

Ruby说得是头头是道，May听得是意犹未尽。Ruby稍作总结，地点好、交通便利、生活机能好就容易出租，也有助于提高租金，这是小阿姨在投第二套房后的心得。于是后面看的房源都必须要符合小阿姨的几个大原则：1.地点和交通；2.居住人群；3.生活机能便利度；4.租金收益是否能支应房屋贷款。May问，就这几个原则吗？Ruby说，这是大原则，装修的部分要依照当初买来的屋况和手上的预算。一开始小阿姨没有装修，买了三四套房后，她开始做精装修，租金就高了很多，这也和地点有关系，因为该区域房客的实力也要事前考察。现在交易透明，其他买房的注意细节房地产中介合同里都会载明，有些中介公司还会给出几大保证，让买方放心。比方说，有些中介公司会载明漏水保固给多少金额的定额补偿，台湾是多地震的地区，除了屋龄新旧差异造成漏水的可能性，另一个是地震所造成的肉眼看不到的龟裂，日子久了，台风暴雨就可能会造成漏水现象。这项保固对于新房东有保障，也不是每个地区都会有这些保障，这要因地制宜地选择。不过，现在房子越盖越好，防台防震防漏水措施比早期盖的房子强多了。Ruby带着享受美食的幸福洋溢的表情说着，又看着刚上的干烧鱼头，吮一吮手指头上沾满的酱香味浓的无锡排骨酱汁，准备动起筷子。

Ruby说，在她懵懵懂懂时，小阿姨就有了四套房收租，那时小阿姨还经常说，买房收租就像养个会给她生活费的“哑巴儿子”，还要Ruby以后赚钱要记得存下买房预算。从小房子开始，养了房就不会乱花钱，慢慢多养几个“哑巴儿子”，年纪大了不用愁没钱花。

Ruby说，这是小阿姨一开始订下的投资目标。孩提时懵懂，她听不懂“哑巴儿子”的意思，后来投入职场工作，看了许多投资理财书籍，才知道小阿姨说的“哑巴儿子”是生活费，就是每个月有固定的被动收入，当工资中断也不用担心“流落街头”的租金。因此，买卖赚取价差，这种资本利得的收益不是小阿姨的投资目标，她不因房价涨就卖出，不因房价跌就心痛睡不着，她不把资本利得收益放在投资计划里，她重视的是每个月的被动收入。现在小阿姨过得可好了呢，手上那一大串钥匙，不知道“锁住”多少收入了。Coco反应很快地说，小阿姨把所有房地产卖出不是更发达了。May反应更快了，小阿姨已经不缺钱了，何必卖房呢？Ruby说，这个没有最佳答案，完全看自己所订下的投资策略，如果是她，也不着急卖。

Ruby刚开始不知道资本利得和被动收入的差异，她是按照小阿姨的叮咛听话照做。在青春的大家领着工资大玩特玩时，她把三分之一的工资存下来，三分之二的工资支应生活所需，也会有一笔小预算吃喝玩乐。涨工资时，她把涨的部分又多存下来，逐渐上调存款比例，最高上限是存下一半，正值青春存够头款买了第一套房，房地产收租的计划就启动了。May听到她存下一半的工资，调皮地用“羡慕忌妒恨”的口吻说，她对自己可真“狠”啊！存下一半，不一起玩乐，到时候没朋友。Ruby说，是得对自己“狠一点”，往往“花钱的魔鬼藏在宽容里”。Ruby说，她要的不是酒肉朋友，她要的是和各位一样，志同道合的朋友。多处置产的小阿姨不再为租客水电问题疲于奔命，她早已找了专业的水电公司长期合作，这里灯泡坏了，那个小地方又怎么了，都是交给专业的水电公司负责，这样的投资不但有效益，生活还能很惬意。Ruby开玩笑地说，她比小阿姨懂得生活。小阿姨不奢华不高调，生活简约只懂投资。她喜欢美食又不忘健身，健身是为了可以品尝更多美味的中华料理，身为中华儿女的我们要让文化继续流传，这是我们饕客的使命。Ann说她这句话可是没有道理中的道理。一群人在美食面前笑成一团。

笑声阵阵中，服务员送上来冰镇烤地瓜作为最后甜点。Ruby看着冰镇烤地瓜特别介绍，她说冰镇的烤地瓜越冰越好吃，这是杜老板家乡农地中种的地瓜，只在餐后当甜点招待。大伙儿尝了后，个个都说好好吃。刚尝完美味的Coco问，这是中华料理吗？Ruby笑着说，是“私房料理”！吃过的都说要买一盒回去，弄得在一旁的杜老板很尴尬，因为他只送不卖，主要是精选品种，产量不多，加上烘烤程序多，烘烤熟了，等地瓜凉后还要放入冰箱，等冰凉后才吃，而且每一条都是特选小品种，吃起来特别有滋味。调皮的Ruby帮杜老板说，这是物以稀为贵，不卖的。安静的Mark终于说话了，他好奇地问杜老板，冰镇地瓜味道很好，何不开一家专卖店，不就满足大家的需求了吗？May开始起哄，她来帮杜老板看店，那她就天天有得吃了！Coco更夸张，要不杜老板开个连锁店吧，这样大家都有得吃了！生意好，所在之处会带动人潮，有人潮就有钱潮，有钱潮房价就涨，房价涨，租金收益就高，那被动收入也就相应提高了！这话一出，May兴奋了，她说这样她就买在杜老板的冰镇地瓜店附近，“锁住”收益！

杜老板腼腆地笑着说，他不再有青春时那股冲劲了，现在守着这家店生活，够用就好了。杜老板和我们聊了一会儿便转身接待其他客人了。Ruby说，杜老板是小阿姨投资房地产认识的，都是好朋友。他本来就很客气，是个不炫富的人，也是个有故事的人。我们看到的这一排店面都是他的，店里的老客人都知道。Ruby还说着，隔壁面包坊是她帮忙介绍的租客，当时杜老板包了一个大红包给Ruby，Ruby婉拒了，说面包坊是好姐妹开的，杜老板就索性把租金算便宜一点儿。说完她又指着外面说，杜老板光靠店面收租就早可以退休了。他每个月的被动收入很可观，又喜欢交朋友，这家老餐厅持续开着只是为了广结善缘，也可以看看他整排的租客。小阿姨说杜老板能有今天，是在青春时辛苦拼搏来的。他从小家境清寒，年少就在港口打工整理渔货，很辛苦也很勤快。一天有位港口海鲜餐厅的老板说，他的餐厅缺杀鱼备料的工作人员，于是问青春的杜老板要不要到餐厅帮忙，工资比港口高，不用一大早起床。于是杜老板就跟着海鲜餐厅的老板快十年，在海鲜餐厅工作，也成了家，慢慢攒了一些钱，就想开一家属于自己的餐厅。杜老板看到台湾满街都是外国的料理店，他认为深具文化涵养的中华料理功夫菜，不会被时代淘汰，因此开了中华料理江浙菜。杜老板在港口和海鲜餐厅工作，对渔货和食材的新鲜度把握得很好，店里的师傅料理功夫更是一绝，开业不久就远近驰名，吸引了不少文人雅士，政商名流长年追随。小阿姨就在那时成了店里的常客，他们也成了投资房地产的同行。May接着说："爱投资的人都爱美食吗？"Ruby说："不尽然吧。"她看了我笑着说："就是有人不懂美食，还是懂投资啊！"欢笑声又响起。

环境很容易影响一个人，小时候我受到大伯和三舅舅的影响，有了投资房地产的观念。之后我进入职场，工作之余阅读了大量的投资理财书籍，了解到资本利得和被动收入的差异，更是明白为何大伯和三舅舅能够坐拥那么多房地产，也为自己做了投资规划。Ruby的投资观念是从小受到小阿姨影响，造就她青春时就对投资房地产产生兴趣。她也是进入职场后经过主动学习和大量阅读，才认识到资本利得和被动收入的差异。人的磁场就是那么有趣，我们可说是同频共振，我们在一个培训教室里认识。一个班近二百人，最初我只约了几位有投资爱好的同学聚会，渐渐地，人越来越多，我们这几个人成了最常聚在一起的朋友。May受到我们影响，主动加入我们，不免也心动想要行动，这是朋友圈的力量，也是环境的力量。

投资房地产是投资项目的其中一个板块，投资领域很广泛，要学的专业知识可说是浩瀚无涯，就像Ruby是先选上自己感兴趣的领域切入，熟悉后逐渐扩大范围。投资房地产收租或是投资股票等待每年配股息，犹如养金鹅，让金鹅吃得肥肥胖胖，每个月固定下金蛋；生活里有了金蛋，就像是月月得彩蛋般幸运。股票一般是每年配股息，金蛋不会月月有，也就没有月月抱彩蛋那样的兴奋。而在投资之前先规划投资目标，也知道投资目标不会月月产“金蛋”，这样才能掌握投资成效。投资任何项目都要事前做功课，并不是每一个项目都适合每一个人。房地产投入成本高，刚出社会的年轻人不一定有这么多预算。Ruby也是省吃俭用辛苦存了几年，才买下一间小套房。而股票涨跌波动大，没有风险承受能力的年轻人，不适合任意进出。要在年轻时，就让金钱疯狂爱上你，首先要让自己疯狂爱上投资领域的专业，投入时间学习才知道该领域的机会与风险，量力而为。平时多阅读加上和热爱学习的朋友经常交流，专业提升速度也能加快。我听过这样一句话，“你想成为什么样的人，就跟什么样的人在一起。”我们是一群热爱投资的人，除了朋友圈、微信朋友群的信息交流外，常聚在一起联络感情，交流的话题也更相近。有时我想，Ruby常邀我一起尝鲜美食，估计不久的将来，我也能成为美食家了。

青春，就是趁现在；学习，就是在当下。一群人都乐意在青春捕捉最美的镜头，做青春的最佳导演，犹如小阿姨和杜老板怡然自得地走在青春路上时，已让金钱疯狂爱上他们！

勇敢迎接每一道阳光

忙碌了一段时间，我终于有时间可以开车到阳明山。沿着公路蜿蜒而上，来到了Ada的温泉会馆。我已经数不清是第几次造访她的店了。她知道我要来，特别在前台等我，见到她的阳光笑容心里就特别舒服。我选在天气晴好的周末，加上海芋正要盛开的初夏来她的温泉会馆，随后还能到竹子湖采上几支高雅的海芋。如果是盛夏来温泉会馆，我就觉得太炎热了。我很喜欢来她这里，我介绍来的朋友也都非常喜欢她会馆的服务。朋友说，在Ada的会馆，仿佛在城市边上找到一个可以放松的空间角落，享受完温泉会馆的SPA按摩后，休息片刻，喜欢的还可以再点上几道特殊风味的餐点和炸物，不用去管卡路里，好好放逐自己，向疲劳说再见。Ada的温泉会馆在业界口碑很高，生意比她爸爸经营时更好。平日来的人主要是一些老客户，但到了节假日，这里的新老客户就络绎不绝。我很替她高兴，如今能把会馆经营得有声有色，装扮光鲜亮丽又有阳光般的笑容的她，却有段不为人不知的故事。

Ada正青春时一次和朋友出游，遇上了意外事故，被一辆沙石车撞上。虽然她最后抢回了生命，但她的一条小腿却因为受伤严重而被截肢。当Ada从昏迷中苏醒，得知小腿已遭到截肢的噩耗，无论如何也接受不了这个事实，她几度想要放弃自己的生命。爸爸看着心爱的女儿变得如此，心比谁都痛。爸爸告诉她，无论她变成什么样子，都是爸爸妈妈的心肝宝贝女儿，一定要为爸爸妈妈勇敢坚强地活下去，活着就有希望，只是少了一条腿而已。而且伤口恢复好后，医院还可以帮她装义肢，她依然可以去她想去的任何地方。

这些话并没有让她坚强地站起来，有快两年的时间Ada一直处于意志消沉状态，直到一位客户介绍我和Ada的妈妈认识。当时，年纪渐长的Ada妈妈担心唯一的宝贝女儿因缺少一条腿，不愿走出去，担心年纪越来越大的他们万一离开了，女儿独自生活都成问题，希望能提早规划降低遗产税，把和Ada爸爸辛苦拼搏来的钱，有计划地过给女儿。Ada妈妈身边有不少高净值朋友，朋友得知Ada的遭遇，提醒Ada妈妈台湾有高额遗产赠与税的问题。再加上他们年事已高，在高税赋的地区，避免不了遗产税的问题，没有做好规划，辛苦钱就要被税扣掉一半。即使把另一半给女儿，如果女儿心态不成熟，拿到这些钱，会不会管理，也让人担心。我们因为这个专业的需求而认识，我进而认识了Ada。

几次和Ada妈妈沟通下来，我不认为立刻把这个规划做好，就能解决Ada妈妈担心的问题，或是如Ada妈妈说的，说不定女儿知道身边有钱，不用担心生存问题，就能因此提升女儿的生存意志。我提出想认识Ada，或许我能够和她成为朋友，给她一些鼓励和心灵上的支持，然后再逐步做规划。Ada妈妈很乐意让我和足不出户的

Ada交朋友，妈妈很她急切地把这个信息告诉女儿。Ada却不愿意。我想不愿意是很正常的事情，谁愿意和一个陌生人认识并做朋友。而我并没有停止沟通，我发现爱的力量很强大，当你发出一片善意的时候，许多资源都会靠近你，对从没做过的事情，也会有力量和勇气想去做。

在认识Ada妈妈之前，我看过网络上流传已久的生命斗士尼克·胡哲的视频。我告诉Ada妈妈，尼克·胡哲患了罕见的疾病，俗称“海豹肢症”，一出生下来就没有四肢，日常生活需要别人照顾。但这并没有影响到尼克·胡哲的生存意志，他很正面阳光，并且到世界各地演讲，鼓舞人心，帮助很多人勇敢面对问题和克服逆境。我在手机上打开视频给Ada妈妈看，并念视频上面的字给Ada妈妈听：“我叫尼克·胡哲，今年二十七岁。我一生下来就没有四肢，不过，我可没有被这个状况限制住。我在世界各地旅行，鼓励了上百万人以信心、希望、爱和勇气克服逆境，追求自己的梦想……”Ada妈妈看了生命斗士尼克·胡哲的演讲、游泳、冲浪、打球等多个视频，看得泪流满面。她希望女儿也可以像生命斗士尼克·胡哲一样，勇敢坚强地站起来并走出去。我把网络上的视频发给Ada妈妈，教她怎么转发给女儿，然后Ada妈妈用母亲温柔的力量鼓励女儿看。

刚开始Ada未加理会，几天后，在Ada妈妈也不知道的情况下，Ada看过了视频，还问妈妈怎么有这个视频，我也就这样认识了Ada。我们认识后，她仍有着很大的防卫心。道别前，我留下一本书送她，之后几天她看了，然后给我打电话，我们聊了很多人生中不寻常的事情，然后又从不寻常聊到很平常的生活。渐渐地，她爱上了阅读，我也陆续送给她许多帮助她修复心灵的书籍。在那之后我们成了朋友，也在那之后，我开始着手帮Ada爸爸妈妈做财务上的规划。Ada后来从妈妈那里知道我是如何认识她父母，又是如何先从关心她做起的，就从内心信任了我。我给他们家做好财务规划后，她也视我为最值得信任的心灵朋友。

在敞开心灵后，Ada告诉我她心中的梦想。她喜欢室内设计，一直很想出国，进行短期学习，她对空间的变化很有感觉。可因为父母年纪很大时才生下她，她又是他们唯一的孩子，如果她出国，父母就没有人陪伴，这是她放心不下的原因。我问她，如果没有出国，有什么规划？她扬起头，用具有古典美的凤眼看着我，说还是想学室内设计，想把爸爸的老温泉馆重新规划，走现代感的温泉会馆路线。毕竟这个店爸爸妈妈经营了那么多年，她从小就看着这家店的样貌，没有什么改动，而她又看着阳明山的许多温泉馆被改成漂亮时尚的风格，吸引了很多年轻的客人。爸爸的老店都是老客人，没有创新，上门的新客人特别少。Ada活跃的设计心思开始展现出来，她说温泉是台湾宝贵的资产，适当的包装很重要。不过她曾经问过爸爸，爸爸还是用守旧的心态在经营，不想花那么大笔钱重新装修。Ada说得有模有样，好像自己准备经营似的。她说，其实只要做一些变化，然后和隔壁的一家餐厅合作，就能有复合式的效果。她又说，以后温泉馆虽是复合式的，但还是要全部是自己的，这样的服务更到位。我问她还有一个梦想是什么。她有点羞答答地说，她想谈一场恋爱，她说有爱情的青春才完美。她说爱情虽然还没有出现，但她已敞开心扉等待爱情的到来了。我听了感到一股幸福的滋味涌上心头。我告诉Ada，尼克·胡哲结婚了，他的爱人很漂亮，而且有了可爱的小宝宝。那一刻，Ada幸福洋溢的笑容好美，我衷心祝福Ada找到她的爱情。

好不容易从人生谷底走出来的Ada和我谈得眉飞色舞，这些创意想法还在耳边热乎着，不久我接到她的电话，自她的意外车祸后，第二个噩耗降临到她的家。Ada爸爸积劳成疾突然中风，而且还很严重，半边身体不能自主，生活需要其他人照顾，妈妈受到巨大的打击，平日要照顾爸爸，心力交瘁，没有心力兼顾温泉馆。于是Ada必须挑起担子，从父亲手上接下温泉馆。从小就是父母的掌上明珠，从来不懂怎么经营温泉馆，可她仍咬牙接下，以外行管内行，加上身体有些行动不便，吃了不少苦头。幸好有几位老员工支持她，帮助她熟悉店务。她很努力地边学边做，要求自己在很短的时间内上手。Ada说到那段身体不适及艰辛的日子，最要感谢的就是那几个老员工。其中一位做得最久的李阿姨说，当时她家里有困难的时候，是Ada爸爸借钱给她渡过难关，她感念在心。李阿姨说Ada爸爸妈妈对待员工很好，他们很希望这家店继续开下去，让他们继续有工作可以做。几个老员工一度很担心Ada爸爸突然倒下，他们会失业，担心Ada不想接老店。后来Ada告诉这些老员工，她不但会接，还要让店变漂亮，吸引更多新客人。几个老员工很团结也很支持Ada的创新，继续跟着Ada做下去。新旧交替，Ada没有让爸爸失望，很快就把温泉馆经营起来。老员工负责内场管理和打扫，柜台启用了阳光亮丽的年轻服务员，整个气场和过去完全不一样。老客人不但没有流失，还逐渐转型成Ada一直想要的风格——复合式温泉会馆。

台湾属于海岛型气候，Ada截肢的伤口因季节变化时常作痛。她白天忙，痛就忘记了，到夜里她常痛到醒来。她忍着痛也不吃止痛药，她说要和疼痛“和平共处”，不是要靠药物压制它。“和平共处”的情况我无法想象，也真的很难体会，我倒是关心她的另一个问题。我问她："你现在成天在温泉会馆，湿度更高，这样……"我话还没说完，坚强的Ada说："生命要不断挑战自我，水平才会提高。"这就是她要和疼痛"和平共处"的原因。她指着右脚说，这里装了义肢，走路已不会那么不习惯了。还笑着说，这是她身体的一部分，她会好好爱它，也会和新的右腿和平共处。

店里服务员在忙，Ada起身要帮我端杯果汁。我担心她的脚行走不便，抢着要自己来。她说了一句话，让我对她刮目相看。她说："你要把我当正常人，正常人能做的，我也可以做。"我听了很惊讶，也很感动，她比我想象的还要坚强。我一直把她当病人看，她早已把自己当正常人看了，即使每天被痛醒，她也不愿依赖药物。工作上，她不依赖其他人；生活上，她自己开车上班，她俨然比"正常人还正常"。她的生活和工作，不需要别人每天鼓励，她每天青春又有活力。原来她在头脑里早就认为自己是正常人了，既然是正常人，就要正常地活着，她认为没有什么事情会打倒她。她的青春正能量，不由得使我想起她曾经抽起桌上的有点破损的海芋和我说："即使有点残缺，海芋高雅的美依然洁净绽放，因为海芋拥有丰沛洁净的山泉水源，这形成了孕育海芋成长的最佳环境。"她也要为自己孕育最佳环境，要在逆境中盛开。

看着Ada的青青依然绽放，持续盛开，我内心很感动。她的意志力比"正常人还正常"。有时候听到身体四肢健全的人抱怨生活的不如意，再看看Ada，看看尼克·胡哲，人生真没有什么低谷可言。如尼克·胡哲说的，"如果一个没手没脚的家伙，也能在全世界最顶尖的海滩冲浪，那么，任何一件事对你都是可能的！"Ada的坚强和勇气让她用小小的肩膀挑起守住爸爸老店的希望，还照顾了店里的员工。她说从来都不知道自己有能力管理一家店，和养活店里那么多家庭。人的潜能无限，只要能勇敢面对问题，就能在问题中找到答案。一路看着Ada在她的青春剧本里做最佳导演，即使是不完美的青春，她也在每个镜头里努力地活得很美。不仅如此，她还领悟到，人生要如何在逆境中面对阳光，一旦勇敢面对，阴影就会跑到后面去；只要勇敢迎向阳光，雨过天晴，最美丽的那道彩虹就会出现在天空。

你或许会碰到艰难的时光，或许会倒下，然后觉得自己没有力量站起来。我懂那种感觉。我们都会碰上那样的状况，生命不会一直轻松愉快，但是当我们克服挑战，就会变得更强壮，也会对于能有那样的机会而更感恩。真正重要的是你一路上接触到的人，以及你如何走完你的旅程。

——尼克·胡哲

后　记

生活就像是一辆前行的火车，往前驶进的时候，很少回头看身后的景象。尤其在当今变化那么大的社会，又随着日新月异的科技，节奏在不知不觉变快了。回顾，显得是一件奢侈的事情。没想到经由一通远在广东的文茜打来的电话采访，就在访谈间，点燃了出版这本书的火苗。通过出版，让回顾不再是奢侈，让回顾实现了我愿望的第一步：通过这些故事，能够帮助千千万万人活出希望。

这本书收录许多影响我深远的故事。过去，不论是环境的变迁，接二连三的失败打击，或是经历过有一顿没一顿的日子，心里总有一丝不愿放弃的念头，相信着，一切会越来越好。如今回首，这些经历对我都是非常有价值的。如果没有这些磨难，逆风前行的经验，怎有现在勇敢站在风中的我。

看过身边许多有成就的朋友，无不都是历经过，跌落到看不见深渊的谷底，他们的血液里流淌着不服输的性格，每每在看不见阳光、看不见希望时，用仅存的一口气爬上来。他们的成功并非偶然，每个磨难都在为非凡的成就打下深厚的基石。这也说明着，成功不会从天上掉下来，如果没有咬牙熬过最难熬的日子，怎会有现在站在众人面前，神采飞扬的样子。

生活，不会事事都如我们意，不如意很正常，如我们意，心存感恩，抱存这些感恩的能量，足以让我们有勇气去开创更美好的明天。只要内心少抱怨，就多了容纳更多美好事物的空间，如意的事会自然而然地靠近我们。

愿这本书的每一个故事，能让你的生活增加更多勇气与能量。你的生活，让我陪伴你一起前行。